AF285558

SUPERNOVAE

corporis voluptas

edition sinneslust

Die Deutsche Nationalbibliothek verzeichnet diese Publikation in der Deutschen Nationalbibliografie.

Inka Loreen Minden

SUPERNOVAE – corporis voluptas

drei erotische Geschichten aus fernen Galaxien

Umschlaggestaltung: Monika Hanke
Coverfotos: © diter – fotolia.com / Pärchen
© Tjefferson – fotolia.com / Weltall

Druck und Verlag: Books on Demand GmbH, Norderstedt
Printed in Germany

4.Auflage Juni 2010
ISBN: 978-3-833494-77-2

Erfundene Personen können darauf verzichten, aber im realen Leben gilt: Safer Sex!

Sämtliche Personen dieser Ausgabe sind frei erfunden. Ähnlichkeiten mit lebenden oder verstorbenen Personen sind rein zufällig.

Inhaltsangabe

Kopfgeldjäger küsst Prinzessin 5

Prinzessin Leeta ist vor ihrer arrangierten Hochzeit geflohen und landet als blinder Passagier auf dem Raumschiff des ungehobelten Einzelgängers Captain Riker. Zusammen mit seinem Roboter erledigt er dubiose Geschäfte und möchte von Frauen, vor allem aber von der Liebe, nichts mehr wissen. Als Leeta es gerade geschafft hat, das scheinbar gefühllose Herz des temperamentvollen Captains zu erobern, taucht ihr verhasster Verlobter auf, um sie gewaltsam zurückzuholen.

Kriegerherzen 50

Der andorrianische Soldat Jack und die menäische Kriegerin Alija sind erbitterte Feinde. Als sie während eines Gefechts mit ihren Raum- schiffen auf einem unbewohnten Planeten abstürzen, müssen sie zusammenarbeiten, um zu überleben. Obwohl sie sich zunächst weder mit Respekt noch mit Freundlichkeit begegnen, verlieben sie sich ineinander. Doch sollte die andorrianische Regierung von ihrer Liaison erfahren, wäre das Jacks Todesurteil.

Die Amazone - Nana Amalas Liebessklave 71

Steve Bradley wird auf einen Planeten voller Kriegerinnen verschleppt und muss ihnen zu Diensten sein, ob er will oder nicht. Denn auch ein von Frauen beherrschtes Volk braucht für sein Fortbestehen immer noch Männer. Doch seine schöne Wächterin Nana Amala, die den Auftrag hat, Steve nach Vollendung seines Zwecks zu töten, hat sich in ihr Opfer verliebt. Aber das ist nicht Nanas einziges Problem: Sollte sie sich an dem Gefangenen erfreuen, wartet auf sie ebenfalls der Tod. Da schmiedet sie einen riskanten Plan ...

Special: Dornröschen - die zuckersüße Wahrheit 123

3

Kopfgeldjäger küsst Prinzessin

498 p New Independent Empire , irgendwo in der Cetus-Galaxie

Captain Christopher Riker war ein Mann, den sich keine Frau des Universums an ihrer Seite gewünscht hätte. Er war ungehobelt, aufbrausend, ordinär und liebte das Chaos. Und das waren noch seine charmanteren Eigenschaften. Obwohl er mit seinem nicht allzu üblen Aussehen sicher jede Frau um den Finger hätte wickeln können, schreckte sein grober Charakter und der grimmige Blick das weibliche Geschlecht doch jedes Mal davor ab, sich weiter auf diesen Mann einzulassen. Außerdem hatten die Frauen von ihm sowieso nicht viel zu befürchten, denn vor vielen Jahren hatte sich Riker geschworen, niemals mehr sein Herz zu verschenken. Talila Troi war seine ganz große Liebe gewesen, bis sie ihn einfach fallen gelassen hatte, um mit einem Commander des Universal Empire durchzubrennen. Riker war nie darüber hinweggekommen.

Mit seiner alten Kiste *Lightning* und der Androiden-Dame Pussy – einem so genannten Gynaikoiden –, zog er seitdem durch die endlosen Weiten des Alls und erledigte meist dubiose Geschäfte für sehr viel Geld. Wenn er nicht gerade heiße Ware schmuggelte, verdiente er sich als Kopfgeldjäger. Er fürchtete nichts und niemanden. Aber alle fürchteten ihn.

Vielleicht lag es ja an seinem wilden Äußeren, denn allein mit seinen 1,94 Metern überragte er die meisten anderen Menschen bei Weitem. Dazu kam noch, dass er sehr muskulöse Oberarme besaß, die fast komplett mit den verrücktesten und buntesten Tätowierungen bedeckt waren. Seine dunkelbraunen Haare hatte er im Nacken mit einer alten Lederschnur zusammengebunden, und mit dem Dreitagesbart wirkte er eher wie ein verwegener Pirat. Sein kriegerähnliches Leder-Outfit unterstrich diesen Furcht einflößenden Eindruck noch. Und sollte ihn doch einmal die Lust auf körperliche Liebe überkommen, nahm er sich eines dieser leichten Mädchen, die außer seinem Geld nichts weiter dafür wollten – und alle waren zufrieden.

Mit seinen achtunddreißig Jahren hatte Riker schon eine Menge seltsamer Dinge erlebt, doch die Bekanntschaft, die er an diesem Tag machte, als er den kleinen Planeten Alilandano mit seinem Shuttle verließ, stellte alles bisher Dagewesene auf den Kopf.

Prinzessin Leeta Adami hatte einen Entschluss gefasst, der ihr ganzes Leben verändern sollte. Aber das war ihr jetzt noch nicht bewusst. Nachts hatte sie sich aus dem königlichen Palast geschlichen, ganz in Schwarz gekleidet. Ihre zierliche Figur und eine Tasche mit den nötigsten Dingen hielt sie unter einem dunklen Mantel verborgen. Ihre langen Haare hatte sie unter einer Kapuze versteckt.

Es war mehr eine Verzweiflungstat gewesen, als eine gut überlegte Entscheidung. An ihrem vierundzwanzigsten Geburtstag sollte sie den alten Fürsten Malamiko heiraten, um die Beziehungen ihrer beiden Völker zu stärken, die alles andere als gut waren. Sie hatte Malamiko schon kennengelernt und wollte lieber sterben, als mit diesem grausamen und gewalttätigen Herrscher ihr restliches Leben zu verbringen. Deswegen hatte sie sich eine Woche vor ihrer Eheschließung am Frachthafen auf das erstbeste Raumschiff geschlichen, sich in einem der Laderäume auf ihren Rucksack gelegt und war nach mehreren Stunden des Wartens eingeschlafen.

Als Riker auf sie aufmerksam wurde, war sie schon fast nicht mehr am Leben.

»Hey, Pussy, schwing deinen rostigen Metallarsch zu mir rüber und sag mir, was dieser merkwürdige Fleck auf meinem Monitor zu suchen hat!«, schrie Riker seinen Gynaikoiden an, als er die Füße von der Konsole nahm, auf der er einen blinkenden Punkt entdeckt hatte.

Pussy, seine silberfarbene humanoide Roboterdame, die rein äußerlich einer Frau sehr ähnlich war, wackelte zu ihm herüber und antwortete mit ihrer digitalen Stimme: »Dieser merkwürdige Fleck ist ein Lebenszeichen auf Deck 2, Frachtraum 7. Möglicherweise ein eingesperrtes Tier, Sir. Soll ich einmal nachsehen gehen?«

»Nee Schätzchen, das mach ich lieber selber. Könnte ein verdammter Irrer sein, der dir vielleicht dein positronisches Hirn wegpustet.« Riker erhob sich mürrisch aus dem Sitz.

»Sir, wer sich auch in diesem Raum befindet, ist kaum noch am Leben. Dieser Abschnitt wird weder geheizt noch mit Sauerstoff versorgt. Das bedeutet, bei drei Stunden Flugzeit und ...«

»Pussy ... Klappe!«, schnauzte Riker und stiefelte davon.

»Jawohl, Sir!« Pussy übernahm seinen Platz an der Steuerkonsole und überwachte solange den Flug.

Als Riker mit gezogener Waffe die Tür zu Frachtraum 7 öffnete, erblickte er nur eine kleine Gestalt in einem schwarzen Umhang, die vor ihm, zusammengekrümmt wie ein Baby im Mutterleib, auf dem Boden lag. Die große Kapuze hing tief in ihr Gesicht.

»Steh auf, du Penner! Der Schaffner ist da! Ticketkontrolle!« Riker grinste, während er der vermummten Gestalt den Taser an den Kopf drückte.

Doch sie rührte sich nicht. Riker wurde sehr bald klar, dass sie bewusstlos war. Vorsichtig zog er mit einer Hand die Kapuze vom Kopf, während er

6

den Elektroschocker auf den Körper der Person hielt. Nur eine Zuckung und er würde abdrücken.

»Ich fress 'nen Oger! Ne Tussi!«, rief er erstaunt, hob die kleine Frau auf und trug sie zum Medi-Deck. Sie war jung. Und verdammt hübsch. Was hatte sie bloß auf die *Lightning* verschlagen?

»Pussy!«, brüllte er in die Sprechanlage, nachdem er das Mädchen auf dem Untersuchungstisch abgelegt hatte, wo ihre Haare in rötlichen Wellen zum Boden fielen. »Schalt auf Autopilot und trab sofort im Medi an!«

Wie schön, wenn man so einen rüden Umgangston mit seinen Angestellten pflegen kann, denen es absolut egal ist, wie man sie behandelt, dachte er. Aus diesem Grund hatte Riker einen Roboter zum Co-Piloten ernannt.

Einen Augenblick später war Pussy auch schon da und erwartete weitere Befehle.

»Mach den Check und scan sie mal. Vielleicht kannst du was über unseren blinden Passagier herausfinden«, befahl er und legte die Füße hoch. Äußerst praktisch, wenn andere für einen die Arbeit übernahmen.

Der Gynaikoid zog der Frau den Mantel aus, die enge schwarze Hose sowie ihr dunkles Oberteil, bis sie nur mit ihrem Schlüpfer und dem BH bekleidet auf dem Tisch lag. Ihre Haut fühlte sich kalt an, weshalb Pussy ein paar Wärme-Strahler auf ihren Körper richtete. Auf dem Brustkorb und am Kopf brachte die Roboter-Dame verschiedene Elektroden und andere kleine Sensoren an, während Riker mit hinter dem Kopf verschränkten Armen zu ihr hinüberblickte. *Was für ein blutjunges, hübsches Ding! Den Körper einer Göttin. Die blasse Haut ohne einen Makel, ihre Brüste perfekt geformt und eine Handvoll groß, genau so, wie sie sein mussten. Die Oberschenkel straff, ebenso ihr Bauch,* nahm er seinen eigenen Scan vor. Er bemerkte keine einzige Falte um ihre Augen. Doch die spitze Nase und ihre purpurfarbenen Lippen kamen Riker irgendwie bekannt vor. Wo hatte er dieses Gesicht vor Kurzem erst gesehen?

»Mittelschwere Unterkühlung und etwas Sauerstoffmangel«, riss ihn Pussy aus seinen Gedanken. »Und auf der Innenseite ihres Oberarms befindet sich ein Implantat, Sir.«

Riker sprang auf. »Ein Implantat? Scannen, aber flott!«

Pussy tat, wie ihr befohlen. »Miss Leeta Adami, Prinzessin vom Planetenstaat Alilandano«, las sie von einem kleinen Gerät ab.

Eine Prinzessin! Was suchte sie auf seinem Schiff? Jetzt wurde ihm schlagartig klar, woher er sie kannte: von den unzähligen Plakaten, die überall in der Stadt aufgehängt waren und die bevorstehende Hochzeit verkündet hatten. Sie war ihm wohl deswegen nicht gleich bekannt vorgekommen, da sie auf den Bildern ihre langen Haare wie einen überdimensional großen Knoten auf dem Kopf getragen hatte. *Fuck!* Diese berühmte Göre brachte

7

seinen ganzen Plan durcheinander! Außerdem roch es verdächtig nach Ärger! »Pussy, check mal die News«, brummte Riker daraufhin übel gelaunt.

Der humanoide Roboter watschelte zu einem Monitor, tippte auf den Bildschirm und las vor: »`Prinzessin Adami wird seit zwei Stunden als vermisst gemeldet, Sir. Wer sie unversehrt nach Alilandano zurückbringt, den erwartet eine Belohnung von 10000 Bak!`«

Rikers Stimmung hob sich beträchtlich. »10000 Bak! Ne Menge leicht verdienter Schotter!«, freute er sich. »Pussy, Wendemanöver einleiten. Wir fliegen zurück!«

»Bitte tun Sie das nicht«, hörten sie plötzlich eine schwache Stimme.

Es war Leeta, die seit kurzer Zeit schon wieder bei Bewusstsein war und Teile des Gesprächs verfolgt hatte.

»Na, gut geschlafen, Euer Hoheit? Jetzt geht's nach Hause zu Papa!«, scherzte ihr Gegenüber trocken.

Leeta setzte sich vorsichtig auf. Vor ihren Augen drehte sich alles und ihr Kopf tat furchtbar weh, doch ihr Verstand war glasklar. *Dies ist also der Kapitän dieses Schiffs*, dachte sie. *Ein wahrlich komischer Kauz.* Er sah aus, wie gerade erst aus dem Bett gestiegen: unrasiert und total verzottelt. Und was er an seinem tätowierten Körper trug – mit diesem Leder-Outfit kam er ihr eher wie ein Krieger der Sunuri vor. Dieser ungehobelte Kerl durfte sie um nichts auf der Welt wieder nach Hause verfrachten, also versuchte sie zu bluffen: »Ich zahle Ihnen das Doppelte, wenn Sie mich so weit weg von Alilandano bringen, wie Sie können!«

Natürlich hatte sie nicht so viel Geld bei sich, aber bei ihrer Landung auf dem nächstbesten Stützpunkt würde sie ihm einfach entwischen.

Der Captain musterte sie eindringlich mit seinen graublauen Augen. Leeta hielt seinen prüfenden Blicken stand, denn sie konnte flunkern, ohne rot zu werden.

»20000 Bak? Is 'n Haufen Zaster. Aber Ihr seid eine hochexplosive Ware, Hoheit. Die ganze Galaxie sucht nach Euch! Alle werden glauben, *ich* habe Euch entführt!«

Was bildete sich dieser arrogante Kerl ein, sie als »Ware« zu bezeichnen? Doch Leeta ließ sich ihre Empörung nicht anmerken, da sie ihn nicht verärgern wollte. Sie war schon so weit gekommen. Auf keinen Fall würde sie wieder nach Alilandano zurückkehren. »In Ordnung, 30000. Aber Geld gibt es erst bei Ankunft. Abgemacht?«

Immer noch starrte der Captain sie forschend an. Hatte er ihre Lüge durchschaut?

»Was lässt es Euch so viel kosten, nicht mehr ins gemachte Nest zurückzuwollen?«, fragte Riker interessiert. Dabei versuchte er nicht zu offensichtlich auf ihre Brüste zu sehen, deren rosige Spitzen durch den dünnen Stoff blitzten.

»Persönliche Gründe«, meinte Leeta nur. »Also, schlagen Sie ein?«

»Deal!«, sagte er, wobei sie sich die Hände reichten.

Ihre Hand war klein und zierlich, fast halb so groß wie seine Pranke, deshalb befürchtete Riker für einen kurzen Moment, er könne sie zerquetschen. Doch Prinzessin Adamis Händedruck war fest, genauso ihr Blick. Ihre Augen waren so schwarz wie das Universum, und er hatte bisher nur eine Frau getroffen, deren Augen ihn mit so einer dunklen Tiefe verschlungen hatten.

Riker drehte sich abrupt um und wollte den Raum verlassen. Der Anblick dieser jungen und halbnackten Schönheit sollte ihn nicht weiter reizen, denn ihr Äußeres hatte verdammt viel Ähnlichkeit mit Talila Troi. Und an diese Frau wollte er nicht mehr erinnert werden.

»Wo gehen Sie hin?«, rief Leeta ihm nach. Sie hätte dem Captain gerne noch ein paar Fragen gestellt.

Kurz vor der Tür blickte sich Riker noch einmal überheblich grinsend zu ihr um: »An die Arbeit, Kindchen. Das was *Ihr* nicht kennt! Und denkt bloß nicht, Ihr könnt Pussy für Eure Zwecke einsetzen! Die nächsten zwei Wochen werdet Ihr niemanden haben, der Euch den Allerwertesten abwischt!« Leeta riss entsetzt die Augen auf. »So lange brauchen wir noch bis nach Tantuum City, wo ich meine Waren ablade. Pussy wird Euch eine Kabine geben – mehr nicht!« Und weg war er.

Pussy? Was für ein abwertender, vulgärer Name, selbst für einen Roboter, befand Leeta. Und dieser Flegel schien absolut keine Manieren zu haben. Er hatte sich ihr nicht einmal vorgestellt!

»Behandelt er alle Leute so?«, wollte sie von dem Gynaikoiden wissen, der gerade dabei war, die Sensoren von ihrer Haut zu entfernen.

»Nur die, die ihm sympathisch sind. Ich glaube, Captain Riker mag Euch.«

Leeta blickte Pussy verwirrt an: »Und wie behandelt Captain Riker dann die, die er nicht mag?«

»Fragt lieber nicht ...« Die Roboter-Frau machte eine abwehrende Geste mit der Hand.

Leeta wollte es sich auch gar nicht erst ausmalen, weshalb sie in den zwei Wochen dem Captain einfach aus dem Weg gehen würde, so gut es ging. Trotzdem sehnte sie sich nach etwas Unterhaltung, darum fragte sie den humanoiden Roboter: »Und es macht dir nichts aus, dass er dich so nennt?«

»Wie nennt er mich denn, Euer Hoheit?«

»P-Pussy«, brachte sie nur mühsam hervor.

»Oh nein, denn das ist mein Name! Den gab Captain Riker mir, als ich in seinen Dienst getreten bin.«

»Und wie wurdest du vorher genannt?« Erwartungsvoll hob sie eine Braue.

9

»Vor dem Captain hatte ich keinen anderen Besitzer.«
Leeta konnte den Gynaikoiden unmöglich »Pussy« nennen. Als der Roboter mit ihr fertig war, rutschte sie vom Tisch und suchte auf seinem metallenen Rücken nach einem Prägestempel.

»Was macht Ihr da?«, fragte die Roboter-Dame verwundert.

»Halte bitte einen Moment still. Da steht etwas auf deinem Rücken!« Angestrengt blickte sie auf die silbrig glänzende Oberfläche.

Pussy war überrascht. Noch nie wurde sie um etwas *gebeten*.

»Hier steht:

Modell: Gynaikoid G-AB-1053
Typ: Lady-Bot »Nog Yar«
Made 473 p New Independent Empire«

Leeta überlegte kurz. »Nog Yar ... Darf ich dich Lady Yar nennen?«

Pussy fühlte sich geschmeichelt. Ihr Emotions-Chip drohte gleich durchzubrennen vor so viel Respekt, den man ihr entgegenbrachte.

»Ihr dürft, Euer Hoheit. Ich fühle mich sehr geehrt. Folgt mir bitte, ich werde Euch nun Eure Kabine zeigen.«

Wenigstens ein Wesen hier an Bord, das etwas von gepflegten Umgangsformen versteht, freute Leeta sich. Selbst der Roboter war kultivierter als der Captain!

Leeta verbrachte die nächsten Stunden in der fensterlosen Kabine des Raumschiffes, die außer einem Bett, einem Tisch und einem winzigen Badezimmer nicht viel zu bieten hatte, und langweilte sich zu Tode. Hätte sie gewusst, dass ihr verhasster Verlobter Fürst Malamiko ihnen schon seit einiger Zeit auf den Fersen war, hätte sie anders empfunden. Denn Leeta, Riker und Lady Yar hatten nicht die geringste Ahnung, dass der Chip, den die Prinzessin unter der Haut trug, ein Signal aussendete, das es ihrem Verlobten möglich machte, die *Lightning* zu verfolgen.

Mit mehreren Lichtjahren Sicherheitsabstand flog er hinter dem Frachtschiff her, auf eine günstige Gelegenheit wartend, sich seine Braut zu schnappen. Und wenn er sie erst mal in den Fingern hatte, würde er ihr schon beibringen, wie sich seine zukünftige Frau ihm gegenüber zu verhalten hatte. Diesen Anstand wollte er ihr mit *gewaltigen* Mitteln einbläuen. Malamiko freute sich schon darauf!

Es klopfte an ihrer Türe und Lady Yar erlöste Leeta davor, die runden Muster, die ihre triste graue Wand schmückten, ein zehntes Mal zu zählen.

»Würdet Ihr gerne etwas essen, Euer Hoheit?«

»Sehr gerne, Lady Yar. Mein Magen mutiert gerade zu einem schwarzen Loch! Aber bitte nenne mich doch einfach Miss Adami!« Leeta war überglücklich, wieder Gesellschaft zu haben.

10

»Dann folgen Sie mir bitte, Miss Adami.«

Am schmalen Tisch der Bordküche saß Riker und schlürfte seine Mahlzeit. Missmutig blickte er auf, als Leeta und sein Gynaikoid den Raum betraten.

»Hey, Pussy«, griff er den Roboter sofort an. »Was will die Prinzessin hier? Du weißt doch, dass ich beim Essen meine Ruhe haben will!«

»Der Magen Ihrer WARE verlangt nach Input«, entgegnete ihm Leeta schnippisch, noch bevor der Gynaikoid antworten konnte, und nahm einfach gegenüber des Captains am Tisch Platz. Lady Yar brachte ihr einen Teller mit einem grünlichen Gericht, das sie noch nie zuvor gesehen hatte.

»Vielen Dank«, sagte Leeta aufrichtig, blickte aber mit leicht gerümpfter Nase auf die Fertignahrung.

»Es ist nicht das, was Sie gewohnt sind, Miss Adami.« Riker sah ungläubig von seinem Teller auf. Hatte er eben *Miss Adami* verstanden? »Aber es ist die beste Mahlzeit, die wir an Bord haben.«

»Es ist perfekt, Lady Yar. Vielen Dank«, lächelte Leeta und probierte zaghaft einen Löffel voll. Sie war erstaunt, dass diese grüne Pampe durchaus essbar war. »Was ist das, Lady Yar, wenn ich fragen darf?«

»Natürlich dürfen Sie, Miss Adami! Es nennt sich Bolaisisch-Allerlei. Kommt aus der Pegasus-Galaxie. Enthält sehr viele Vitamine!« Pussy freute sich, dass ihr Gast sich so nett mit ihr unterhielt. Miss Adami ging sehr respektvoll und freundlich mit ihr um. Sie kannte sonst nur die ewig schlechte Laune des Captains, weshalb es eine Wohltat war, einmal angemessen behandelt zu werden.

Riker hatte bis jetzt das Gespräch zwischen der Prinzessin und seinem Roboter mit solch ungläubiger Faszination verfolgt, dass er dabei sogar das Essen völlig vergessen hatte.

»LADY YAR??? … MISS ADAMI??? … Hab ich hier irgendetwas verpasst?«, platzte es schließlich aus ihm heraus. *Dieses schleimige Gelaber geht mir gehörig auf den Sack!*

»Sie haben Ihrem Gynaikoiden einen wirklich unangebrachten Namen gegeben, mit dem ich Lady Yar nicht ansprechen konnte!«, meinte Leeta beiläufig, so als wäre es das Normalste im ganzen Universum, und löffelte weiter ihren Eintopf.

Riker kochte. Was bildete sich diese Ziege überhaupt ein?

Er erhob sich, stützte seine großen Hände auf die Platte und fuhr sie mit zusammengekniffenen Augen an: »Jetzt hör mal gut zu, Prinzesschen! Auf diesem Schiff bin ICH der Captain! Das bedeutet, dass ICH hier über alles entscheide! Und keine so verzogene, eingebildete und noch so verwöhnte Madame wie Ihr eine seid!«

Leeta blickte ihn verwundert an. Rikers Kopf war hochrot und die Sehnen und Muskeln seines kräftigen Halses traten überdimensional hervor. Was hatte sie ihm getan, dass er sie dermaßen anfeindete?

Riker schob seinen Stuhl ungestüm zur Seite, um den Tisch zu verlassen. Würde das viele Geld ihn nicht reizen, hätte er diese Möchtegern-Gebieterin sofort nach Hause verfrachtet!

Kurz bevor er aus dem Raum trat, drehte er sich noch einmal um und schrie zornig: »Und DU, PUSSY«, wobei er »Pussy« besonders laut betonte, »hältst dich in Zukunft von DER DA«, und er zeigte wütend auf Leeta, »fern! Und das ist ein Befehl!« Schnaubend stapfte er davon.

»Hitzkopf!«, rief Leeta ihm reflexartig hinterher.

»Mondkalb!«, motzte Riker auch gleich aus dem Gang zurück.

»Ich muss mich für ihn entschuldigen, Miss Adami. Er meint es nicht so.« Lady Yar seufzte und folgte ihrem fluchenden Herrn.

Leeta saß jetzt ganz alleine am Tisch der Bordküche, nur umgeben von einem leisen Summen, das der Antrieb des Schiffes verursachte, und dem Geruch des Fertiggerichtes in der Luft. Falls Riker wirklich irgendwelche Sympathien für sie gehegt hatte – Gott bewahre! –, so hatte sie diese mit höchster Wahrscheinlichkeit soeben verspielt. Aber warum sollte sie sich darüber den Kopf zerbrechen? Auf diesen unangenehmen Menschen war sie sowieso nicht lange angewiesen, trotzdem ärgerte sie sich über seine Worte. Verzogen und eingebildet … das war sie bestimmt nicht! Ein bisschen verwöhnt – ja, das konnte schon sein. Schließlich wurden einer Prinzessin fast alle Wünsche erfüllt. Aber eben nur *fast* alle. Den Mann ihrer Träume hatte sie sich schließlich nicht aussuchen dürfen.

Riker und Leeta versuchten sich die nächsten Stunden aus dem Weg zu gehen, was beiden Zeit gab, über ihr Verhalten nachzudenken. Leeta verstand nicht, was Riker für ein Problem damit hatte, dass sie seinen Roboter mit »Lady Yar« ansprach. Er konnte den Gynaikoiden doch weiterhin so nennen wie er wollte! Na gut, ein klein wenig sah sie schon ein, dass er beleidigt war, aber musste er deswegen gleich so cholerisch werden?

Man konnte es kaum für möglich halten, aber Riker zerbrach sich ebenfalls den Kopf darüber, warum er ausgerastet war, was ihm sogar ein wenig leid tat. Sein Gewissen kam zu der Einsicht, dass es nicht nötig gewesen wäre, die Prinzessin anzuschreien und sie zu beschimpfen. Sie hatte es sicher nicht böse gemeint.

Er verstand es auch, dass sie es gewohnt war, sich einer gehobenen Sprache zu bedienen, und das Wort »Pussy« kam darin einfach nicht vor. Aber Frauen, die sich in sein Leben einmischten, machten ihn einfach rasend, vor allem, wenn sie auch noch beinahe so aussahen wie seine verfluchte Ex. Er tröstete sich damit, dass er in zwei Wochen sein Geld kassieren und auf dem

12

Schiff wieder alles seinen gewohnten Gang nehmen werde.

Nachdem Leeta die Müdigkeit übermannte, überwand sie sich auf die Kommando-Brücke zu gehen, um Riker und Lady Yar eine »Gute Nacht« zu wünschen. Der Captain verfluchte gerade den Steuerbordantrieb, an dem es eine kleine Störung gab, als Leeta eintrat.

Riker lag mit nacktem Oberkörper unter der Konsole und schraubte an den Relais herum, während der Roboter etwas auf dem Interface eintippte. Eine Zeit lang betrachtete Leeta mit sehr großem Interesse Rikers bunt tätowierten Körper. So etwas hatte sie noch nie gesehen, geschweige denn einen halbnackten Mann. Es würde sich bestimmt gut anfühlen, wenn sie mit der Hand über den muskulösen Körper fahren würde, dem der Schweiß einen samtenen Glanz verlieh. Im Grunde genommen sah der Captain in ihren Augen äußerst gut aus, weshalb Leeta plötzlich den Wunsch verspürte, einmal von diesen starken Armen gehalten zu werden. Ihre Fantasie fing an, Überstunden zu machen. *Wenn er doch nur nicht so ungehobelt wäre!*

»Hm … hm …«, räusperte sie sich, da durch das Heer der Flüche, das Riker in einem fort ausschickte, keiner der beiden ihre Anwesenheit bemerkte.

Überrascht blickte Riker auf, wobei er sich den Kopf anschlug. »Na, Gebieterin, habt Ihr in der Zwischenzeit noch etwas entdeckt, was Euch nicht passt?«, feindete er sie sofort wieder an. Was trieb ihn nur dazu, so bösartig zu ihr zu sein?

»Ich wollte Ihnen beiden nur eine gute Nacht wünschen!«, antwortete Leeta beleidigt und den Tränen nahe, worauf sie zurück in ihre Kabine stapfte. *Dieser rohe Mensch! Er ist einfach abscheulich!* Kein Wunder, dass es außer einem Roboter niemand mit ihm aushielt.

Aber das Bild des großen geschmeidigen Körpers und der harten Muskeln hatte sich unauslöschlich in ihr Gehirn eingebrannt.

Obwohl sie sehr müde war, konnte sie nicht einschlafen. Zu viele Dinge gingen ihr durch den Kopf. Ihr Leben geriet gerade völlig aus der Bahn und sie hatte niemanden, der ihr zur Seite stand. Leeta fühlte sich alleine und verlassen. Wie sollte es nur weitergehen? Sie hatte keine Ahnung, wie man da draußen überlebte, denn so etwas wurde einer Prinzessin schließlich nicht beigebracht. Ohne fremde Hilfe war sie vollkommen aufgeschmissen.

Sie kuschelte sich in ihre Decke, um ein paar Tränen zu vergießen, da sie sich gerade furchtbar selbst bemitleidete, als es an der Tür klopfte. Es war Lady Yar.

»Du brauchst dich nicht wieder für ihn zu entschuldigen«, schluchzte Leeta, als der Roboter eintrat.

Der Gynaikoid brachte ihr eine Tasse mit einem süßlich duftenden Ge-

13

tränk ans Bett. »Abelo-Milch. Sehr bekömmlich und Balsam für die Seele.«

»Du bist so nett zu mir! Aber lass dich bloß nicht vom Captain dabei erwischen. Du weißt doch, was er dir befohlen hat«, seufzte sie.

»Captain Riker hat mich persönlich damit beauftragt, Ihnen dieses Getränk zu bringen.« Mit seinen künstlichen Augen blinkerte sie der Gynaikoid an. »Und er möchte sich für sein flegelhaftes Verhalten entschuldigen.«

Leeta war erstaunt. Damit hatte sie nicht gerechnet. Sie setzte sich auf und nahm die warme Tasse in ihre Hände. »Warum kann er mir das nicht selbst sagen?«

»Sie wissen doch, wie die Männer sind, Miss Adami.«

Nein, das wusste sie nicht. Sie hatte bis jetzt noch keinen Mann gehabt.

»Sie können nicht über ihre Gefühle sprechen. In dieser Hinsicht haben sie sich in den letzten 1000 Jahren nicht weiterentwickelt. Außerdem bin ich der festen Meinung, Captain Riker solle mal wieder einen Funktionstest an sich durchführen. Das würde seine Laune beträchtlich heben.«

»Ich verstehe nicht, was du damit meinst«, entgegnete ihr Leeta, bevor sie vorsichtig einen Schluck nahm. Die heiße Milch schmeckte wirklich köstlich!

»Na ja, ... seine Waffe entladen oder eine Entspannungstherapeutin besuchen. In den Massagesalon ...«

»LADY YAR!«, rief Leeta aus, wobei sie sich beinahe verschluckt hätte. »Genug! Ich weiß jetzt, was du damit meinst!«

»Gute Nacht, Miss Adami«, erwiderte der Roboter mit einem Lächeln auf den silbernen Lippen und wackelte zur Tür.

»Gute Nacht!«, sagte auch Leeta, nahm noch einen großen Schluck des leckeren Getränks, und als sie sich diesmal unter die Decke kuschelte, war aus ihrem »abscheulichen Menschen« ein »vielleicht doch ganz annehmbarer Mann« geworden.

Als sie wieder das Bild des Captains vor ihren geschlossenen Augen sah, wie er mit nacktem Oberkörper unter der Steuerkonsole gelegen hatte, wanderte Leetas Hand unbewusst zwischen ihre Schenkel. Der Anblick seiner muskulösen, bunt tätowierten Arme und der breiten Brust, ging ihr nicht mehr aus dem Kopf. Wie gerne würde sie einmal über seine Haut fahren und diese Lippen küssen, die einfach wundervoll geschwungen waren, wie sie fand. Wenn er sie nicht gerade verbissen zusammenpresste …

Ihre Hand stahl sich in die Hose. Sie suchte und fand die Perle, die schon in freudiger Erwartung auf Erlösung hoffte. Leeta begann sie zu reiben, tauchte ihre Finger in den feuchten Spalt und verteilte den sämigen Saft zwischen ihren Schamlippen. Stöhnend dachte sie daran, was Riker wohl für ein Kaliber in der Hose hatte. Zwar wusste sie, wie ein Mann gebaut war,

14

aber außer auf Bildern hatte sie noch nie einen richtigen Penis gesehen.

Immer schneller rieb sie über ihren Kitzler, und die Finger der anderen Hand glitten unter den Pullover, schlossen sich um die Brustwarze, zwickten und zwirbelten die zarte Knospe, bis sich ihre angestaute Lust in einem befreienden Orgasmus entlud.

Zufrieden schlief sie ein und träumte, dass sie von Riker einen ganz wundervollen Kuss bekam.

Am nächsten Morgen entschuldigte sich Riker mit einem herrlichen Frühstück bei ihr – das natürlich Pussy zubereitet hatte, aber das musste die Prinzessin ja nicht erfahren. Der Captain hatte seine Leder-Kluft gegen ganz passable schwarze Hosen und ein figurbetontes Oberteil getauscht, und sich sogar die Bartstoppeln abrasiert. Er wirkte dadurch gleich um mehrere Jahre jünger, worauf er hoffte, auf Leeta keinen so »wilden« Eindruck zu machen.

Sie selbst hatte sich zu ihren dunklen Hosen ein ärmelloses Corsagen-Top mit einem herzförmigen Ausschnitt angezogen, das ihre Büste besonders betonte, ohne allzu aufreizend zu wirken.

Während sie schweigend aßen bemerkte Leeta, dass der Captain ständig ihren Blicken auswich. Leeta, jedoch, beobachtete ihn genau. Die Art, wie er den Toast in den Fingern hielt – die ihr für diesen rohen Mann bemerkenswert gepflegt erschienen – und davon abbiss – *er hat wunderschöne Zähne* – und er sich anschließend die Marmelade aus den Mundwinkeln leckte – *mit einer Zunge, mit der er mir sicher einen Sinnesrausch bescheren kann* – faszinierte sie auf eine bisher nie gekannte Weise. Wie würde es sich anfühlen, wenn *sie* das Gelee von seinen Lippen lecken würde?

Mit ihren vierundzwanzig Jahren hatte sie noch nie einem Mann beigewohnt, und ihr Verlangen nach körperlicher Nähe war groß. Nicht so groß, dass sie den abscheulichen Fürsten geheiratet hätte, aber groß genug, um sich zu wünschen, von diesem »zotteligen Bären«, der um so viele Jahre älter war als sie, einmal richtig verwöhnt zu werden. Er hatte mit Sicherheit große Erfahrung im Umgang mit Frauen, weshalb er bestimmt wusste, wie er sie glücklich machen konnte.

Hätte Riker gewusst, was für frivole Gedanken seine Prinzessin gerade beschäftigten, wäre er vielleicht gleich mit ihr im Bett gelandet. Der Anblick ihrer hervortretenden Brüste erregte ihn auf eine Art, die er schon lange nicht mehr gespürt hatte, deshalb versuchte er so gut es ging, nicht auf sie zu blicken. Es war kein reines sexuelles Verlangen, da steckte mehr dahinter. Und das jagte ihm Angst ein. Er hatte große Mühe darauf verwandt, kein Gefühl für Frauen zu entwickeln, das über Desinteresse oder Wollust hinausging. Aber bei einer Prinzessin hatte er wahrscheinlich nicht zu befürchten, dass mehr passierte als nur Blickkontakt, auch wenn er vielleicht gerade

15

dabei war, sich in sie zu verlieben. Denn sie war eine Adelige und er bloß ein raubeiniger Schmuggler und Kopfgeldjäger. Was konnte er ihr schon Groß-artiges bieten? *Sie wird sich an mir nicht ihre hübschen Fingerchen schmutzig machen.*

Gestern Abend hatte Riker sich schmerzlich überwunden Pussy zu fragen, was denn ihr Psychoanalyse-Chip zu seinem Verhalten meine. Warum er anderen Menschen, besonders aber Frauen gegenüber, immer so ruppig sei.

Und sein Gynaikoid hatte ihm geantwortet, dass er mit diesem Verhalten nur seine verwundete Seele beschützen wolle, die immer noch große Angst davor habe, wieder verletzt zu werden.

Was Riker natürlich sofort heftig dementiert hatte. Schließlich war er ein Mann, vor dem sich das halbe Universum fürchtete, da schien es ja geradezu lächerlich zu sein, dass er Angst habe, sich wieder zu verlieben.

Natürlich hatte Pussy recht, das wusste er selbst. Aber er würde es nie-mals zugeben.

Pussy bemerkte außerdem noch, dass es auch ein Leben *nach* Talila Troi gebe und er die große Liebe eines Tages wiederfinden werde, wenn er sich nicht so dagegen sperren würde.

Der Name seiner Ex ließ ihn aber gleich wieder explodieren und er droh-te Pussy damit, ihr den Psychoanalyse-Chip eigenhändig herauszureißen, wenn sie weiterhin so einen Mist erzähle.

Pussy nahm es gelassen, denn sie kannte den Captain schon lange genug.

Rikers Verhalten Prinzessin Adami gegenüber hatte sich allerdings dras-tisch gewandelt, denn er versuchte von nun an immer nett und freundlich zu ihr zu sein, auch wenn er sehr darauf bedacht war, nur die nötigsten Worte mit ihr zu wechseln. Schließlich wollte er sich nicht unnötig selbst in Ver-suchung führen, denn es gab da etwas, das ihn an dieser Frau faszinierte. Sie war anders … aber nicht, weil sie eine Prinzessin war. Das bemerkte er immer wieder, wenn sie in seiner Nähe war. Ihre Anwesenheit machte ihn unglaublich nervös, weshalb er keinen klaren Gedanken mehr fassen konnte. Schon mehrmals hatte er aus einem fadenscheinigen Grund den Raum ver-lassen – Feigling, der er war –, nur um dieser Frau zu entkommen, die seine Sinne so durcheinanderwirbelte.

Gerade hatte er sich in die Bordküche verzogen, um sich einen Whiskey einzuschenken. Die ganze Nacht hatte er kein Auge zugemacht, weil er immer nur Leetas trauriges Gesicht vor sich gesehen hatte. Nein, der Alko-hol würde ihm jetzt weder helfen munter zu werden noch einen klaren Kopf zu bekommen. Also schüttete Riker das bräunliche Getränk in den Abfluss und den restlichen Inhalt der Flasche gleich hinterher. Nie wieder würde er sich wegen einer Frau betrinken!

Vom Frühstück war noch etwas kalter Kaffee übrig. Obwohl er abscheu-

16

lich schmeckte, kippte er sich alles in den Rachen. Als er angewidert das Gesicht verzog, kam Leeta zur Tür herein. Verdammt, war er vor ihr denn nirgendwo sicher?

»Was machen Sie denn hier?«, fragte sie mit hochgezogenen Brauen.

»Kaffee trinken, Euer Hoheit.«

»Kaffee?«

»Ihr wisst schon. Braunes Pulver in kochendem Wasser. Oder ist das in Euren Augen ein Vergehen?«, brummte er und griff sich unbewusst an die Stirn. Plötzlich hatte er Kopfschmerzen. Verdammte Frauen. Sie bekamen ihm nicht besonders. Trotzdem gab er sich alle Mühe, nett zu seinem unfreiwilligen Gast zu sein.

Doch die Prinzessin ignorierte seine Frage einfach. Mit ihren schwarzen Augen blickte sie ihn eindringlich an. Die Art, wie sie dabei den Kopf leicht zur Seite neigte, fand Riker überaus reizend. Schnell starrte er in die leere Tasse, um ihrem fesselnden Blick zu entkommen.

»Sie sehen krank aus«, stellte sie fest. »Fühlen Sie sich nicht gut, Captain?«

Er fühlte sich so elend wie schon lange nicht mehr, und zwar seit dem Moment, als er die Prinzessin auf dem Schiff entdeckt hatte. Was gewiss nicht daran lag, dass er krank war. »Es geht mir gut, Prinzessin.«

Doch die dunklen Ringe unter seinen Augen sprachen etwas anderes. Leeta fand, dass er sehr erschöpft wirkte. Noch bevor Riker ihr entkommen konnte, stand sie schon vor ihm, um ihm ihre Hand an die Stirn zu legen. Dabei musste sie sich auf Zehenspitzen stellen, da Riker im Gegensatz zu ihr ein Riese war. Das brachte sie aus dem Gleichgewicht, doch noch bevor sie fallen konnte, hielt er sie schon sicher im Arm.

Da geschah etwas Merkwürdiges. Einen kurzen Moment lang hielten sie beide den Atem an, während sie sich in den Augen des Anderen verloren. Sie spürten es beide gleichzeitig. Da gab es etwas zwischen ihnen, was man mit Worten nicht erklären konnte.

Schnell ließ Riker sie los.

»Sie sollten sich hinlegen, Captain«, griff Leeta sofort wieder das Gespräch auf, um die peinliche Stille zu unterbrechen.

»Wollt Ihr mich etwa genauso rumkommandieren wie meinen Co-Piloten? Hier bin *ich* der Captain, schon vergessen, Allerdurchlauchtigste?« Mit einem finsteren Blick schob er sich an ihr vorbei und ließ Leeta allein in der Küche zurück.

Als er wieder zu Pussy auf die Brücke kam, bemerkte sie natürlich sofort, dass mit dem Captain etwas nicht stimmte. »Ist alles in Ordnung mit Ihnen, Sir?«, fragte der Roboter ihn.

Riker warf ihr einen tödlichen Blick zu. »Jetzt fängst du auch noch damit an! Reicht es denn nicht, dass mich die Prinzessin gerade schon genug genervt hat?« Sofort machte er auf dem Absatz kehrt, um sich zum Medi-Deck zu begeben. Er brauchte dringend etwas gegen seine Kopfschmerzen.

Pussy grinste. Für sie war es Schicksal, dass sich die Prinzessin ausgerechnet auf Rikers Schiff versteckt hatte. Sie hatte das sichere Gefühl oder besser gesagt: Ihre Berechnungen gaben Grund zu der Annahme, dass sich das Leben ihres Captains sehr bald ändern würde – und zwar zum Positiven für sie alle.

Leeta musste etwas unternehmen. Sie saß in ihrer kleinen Kabine auf dem Bett und dachte angestrengt nach. Heute war schon der dritte Tag, den sie auf der *Lightning* verbrachte, und der Captain behandelte sie die meiste Zeit wie Luft. Das ärgerte sie maßlos, auch wenn sie sehr darauf bedacht war, ihm ihren Unmut nicht zu zeigen. Sie sprachen kaum miteinander, und auch, wenn Leeta den Captain etwas fragte, um ihn in ein längeres Gespräch zu verwickeln, bekam sie nur eine knappe Antwort, womit für Riker die Konversation beendet war. Warum verhielt er sich ihr gegenüber so kühl? Sie wurde aus ihm einfach nicht schlau. Wenigstens war er jetzt nicht mehr so barsch, wie zu Beginn ihrer Bekanntschaft.

Leeta wollte den Captain unbedingt ins Bett bekommen. Noch nie hatte sie sich zu einem anderen Menschen so stark hingezogen gefühlt wie zu ihm. In seiner Nähe schien ihr Körper ein unkontrollierbares Eigenleben zu entwickeln. Immer, wenn er sie mit seinen graublauen Augen anblickte, schien ihr Innerstes zu vibrieren, ihre Atmung beschleunigte sich, ihr Herz pochte ein paar Takte schneller und in ihrem Unterleib breitete sich ein sehnsüchtiges Ziehen aus. Dieser rohe Halunke wäre wirklich eine Sünde wert, Jungfräulichkeit hin oder her, und sie wollte endlich ihr immer größer werdendes Verlangen befriedigen.

Gerade kam ihr eine Idee! Sie war nicht besonders originell, aber etwas Besseres fiel ihr auf die Schnelle nicht ein. Also holte sie ihren Rucksack unter dem Bett hervor und wühlte darin herum, bis sie von ganz unten ein Nachthemd herauszog. Schnell schlüpfte sie aus ihrer Kleidung, bevor sie es sich vielleicht noch einmal anders überlegte, entschied sich dann, auch ihren BH und den Slip auszuziehen, und zog sich das hauchdünne Kleidchen über.

Wenn ihr Vater gewusst hätte, dass sie solch ein obszönes Stück Stoff überhaupt besaß, hätte er sie gewiss für eine Woche nicht aus dem Zimmer gelassen! Aber ihre Eltern waren weit weg, und Leeta wünschte sich um nichts auf der Welt zu ihnen zurück. Nie hatte sie erfahren, was es bedeutete von ihnen geliebt zu werden. Sie konnte sich an keinen Kuss, keine Umarmung oder an andere Zärtlichkeiten erinnern. Allein ihre Amme war immer für sie da gewesen, hatte sie getröstet und in den Arm genommen, wenn sie traurig war, doch ihre Eltern hatten diese Seele von Frau an ihrem

18

sechzehnten Lebensjahr aus dem Dienst entlassen. Seitdem hatte sie niemanden mehr gehabt, dem sie sich anvertrauen konnte. Erst, als sie auf diesem Schiff in Lady Yar eine gute Zuhörerin gefunden hatte, fühlte sie sich zum ersten Mal in ihrem Leben wie ein vollwertiger Mensch.

Als Leeta gedankenverloren an sich herunterblickte, erschrak sie erst, weil das spitzenbesetzte Kleid durchsichtiger war, als sie es in Erinnerung hatte, und man ihre Kurven darunter mehr als erahnen konnte. Doch dann grinste sie zufrieden. Wenn das Riker nicht aus der Fassung brachte, wusste sie auch nicht mehr weiter!

Nachdem Leeta ihre Kabine verlassen hatte, schlich sie barfuß durch die düsteren Gänge in Richtung Bordküche. Riker war schon vor zwei Stunden zu Bett gegangen und Lady Yar überwachte währenddessen auf der Brücke den Flug. Sie würde nichts von Leetas Vorhaben bemerken, da die Brücke eine Ebene höher lag. Sie und Riker würden ungestört sein.

Auf dem Schiff herrschte bis auf das leise Summen des Antriebs Totenstille. Leetas Herz klopfte so stark, dass sie glaubte, es hören zu können.

Als sie an Rikers Kabine vorbeikam, presste sie ein Ohr gegen die Tür. Sie konnte absolut nichts wahrnehmen. *Hoffentlich hat er einen leichten Schlaf*, dachte sie, und ging weiter. In der Küche, die gleich um die Ecke lag, suchte sie sich ein Tablett, auf das sie wahllos mehrere Messer, Gabeln, Löffel und blecherne Schüsseln stellte. Dann marschierte sie mit der wackeligen Ladung den Weg wieder zurück, bis sie nur noch wenige Schritte von Rikers Kabine entfernt war. Dort kippte sie alles auf den Boden.

Ihr Körper versteifte sich. Der Lärm war ohrenbetäubend und hallte noch eine Zeit lang wie ein Echo durch die Gänge. Jetzt erst wurde ihr bewusst, was für eine kindische Show sie hier abzog. *Riker wird mich lynchen!*

»Ich dumme Gans, was hab ich mir nur dabei gedacht?«, fluchte sie, während sie begann, schnell die Sachen wieder auf das Tablett zu räumen. Vielleicht hatte er ja nichts gehört – doch zu spät! Hinter ihr glitt die Türe auf, und ein total verschlafener und zerknitterter Captain stürzte heraus.

Leeta verschlug es beim Anblick seines halbnackten Körpers den Atem, worauf ihr diesmal das Tablett unbeabsichtigt entkam. Ein weiteres Mal verteilte sich das Besteck klirrend auf dem Boden. Erschrocken sprang sie auf und drückte sich mit dem Rücken zitternd gegen die kalte Wand. Riker, nur mit einer Shorts bekleidet und einer Waffe in der Hand, zielte mit einem wutentbrannten Ausdruck im Gesicht auf sie.

Er stürzte auf sie zu. Seine verzottelten Haare hingen ihm dabei in dicken Strähnen ins Gesicht, wobei er auf Leeta wie ein Wilderer wirkte, der gleich seine Beute erlegen würde. Das Licht aus seiner Kabine fiel genau auf ihren Körper. Plötzlich kam sie sich völlig nackt vor und sie schämte sich für ihre blöde Idee, die leider geklappt hatte. Der schlaftrunkene Mann war schon bei ihr, presste seinen großen Körper gegen ihre Gestalt, und nahm ihr mit seiner Pranke, die um ihren Hals lag, noch zusätzlich die Luft zum Atmen. Das alles war so schnell gegangen, dass sie noch gar nicht recht begriffen hatte, was soeben geschehen war.

»Prinzessin?«, knurrte Riker verwirrt, worauf er seine Hand von ihrem Hals nahm, aber seinen Körper weiterhin gegen sie presste. »Seid Ihr von allen guten Geistern verlassen? Ich hätte Euch fast umgebracht! Was veranstaltet Ihr hier mitten in der Nacht für einen Zirkus?« Erst jetzt wurde ihm bewusst, dass er sich immer noch gegen sie drückte, wobei er zugeben musste, dass er das Gefühl genoss, sie so nah bei sich zu spüren. Eine glühende Hitze raste durch seine Lenden. *Verflucht, warum ist sie nur eine Prinzessin?* Am liebsten hätte er sie jetzt gepackt, in seine Kabine getragen, um dann … *nein, ich darf nicht einmal daran denken!*

Verwirrt trat er einen Schritt zurück und sog scharf die Luft ein, als er bemerkte, dass er durch den Stoff des verführerischen Kleides ihren Körper sehen konnte. Ihre Brustwarzen leuchteten wie zwei dunkle Augen, während das Dreieck zwischen ihren Beinen verlockend schimmerte. Riker schluckte und blickte zu Boden. Dabei wunderte er sich über das Besteck, das vor ihren Füßen lag.

»Tschuldigung«, stammelte Leeta kaum hörbar. »Ich hatte plötzlich furchtbaren Hunger und habe mir was zu essen geholt, aber unglücklicherweise bin ich gestolpert.« Sie wusste selbst, wie unglaublich dumm das klang.

»Und Ihr braucht gleich vier Löffel und drei Gabeln um … *was?* … zu essen?« Riker sah auf die leeren Schüsseln »Luft?« Er versuchte ernst zu bleiben, doch innerlich musste er grinsen. Diese Göre hatte das geplant! Dieses kleine Luder, das jetzt mit hochrotem Kopf und zitternden Knien vor ihm stand, wollte ihn doch tatsächlich verführen, und wäre sie keine so hochgestellte Persönlichkeit, hätte sie ihr Ziel ohne Weiteres erreicht. Doch anscheinend hatte sie jetzt der Mut verlassen, was Riker nur recht war. Er würde ihr wohl eine Lektion erteilen müssen, damit sie ihn in Zukunft in Ruhe ließ. Er wollte sich nicht in sie verlieben! So weit war er noch nicht. Und schon gar nicht in eine Prinzessin! So eine Frau passte so wenig zu ihm wie Feuer zu Eis.

Also setzte er sein grimmigstes Gesicht auf und trat wieder einen Schritt auf sie zu, sodass sich ihre Körper beinahe berührten. Böse blickte er zu ihr hinunter. »Ich hasse es, wenn mich jemand aus meinem Schlaf reißt. Da werde ich immer verdammt ungemütlich, Prinzessin! Ich hoffe, Ihr könnt das wieder gutmachen!« Oh Gott, wie verführerisch sie roch! Riker hätte sie am liebsten geküsst.

»Was wollen Sie von mir?« Leeta flößte dieser starke Mann, der so bedrohlich über ihr stand, eine gewisse Furcht ein, doch auf eine Weise, die sie

20

sich nicht erklären konnte, erregte er sie ungemein. Sie musste ihn berühren, wollte wissen, wie sich seine Haut in ihren Händen anfühlte.

»Was kann ein Mann schon von einer Frau wollen, die sich so lasziv präsentiert wie Ihr gerade?« Er wollte ihr gehörig Angst einjagen. Natürlich würde er sich niemals an ihr vergreifen. Dafür war sie zu kostbar – einfach etwas Besonderes. Außerdem war es nicht seine Art, sich auf diese Weise eine Frau zu nehmen.

Riker legte eine Hand auf ihre schmale Hüfte. Der Stoff des Kleides war so dünn, dass er glaubte, ihre nackte Haut spüren zu können. *Weiß sie, wie anziehend sie ist?*

Jetzt sah Leeta ihre Chance gekommen! Mit rasendem Herzklopfen presste sie die Hände auf den muskulösen Bauch, um ihn scheinbar auf Abstand zu halten. Und *wie gut* er sich anfühlte! Ihr entkam ein leiser Seufzer.

Riker unterdrückte nur mit Mühe ein Stöhnen, als die Prinzessin ihn berührte. *Verdammt, dieser Schuss ist nach hinten losgegangen!* In ihren Augen erkannte er keine Furcht mehr, nur noch Verlangen. Er durfte jetzt auf keinen Fall schwach werden!

Leeta ging noch einen Schritt weiter. Sie schlang die Arme um seine Hüften, während sie ihren Körper an ihn schmiegte. Sein männlicher Geruch betörte sie, ließ sie alle Hemmungen vergessen, also fuhr sie mit den Händen an seinem Rücken hinunter und drückte ihre Finger auf den festen Hintern. Unwillkürlich legte sie den Kopf zurück, öffnete die Lippen und wartete darauf, von diesem gut aussehenden Draufgänger geküsst zu werden.

Riker war unfähig, sich von ihr zu lösen. Jetzt war *er* es, in dem langsam Panik aufstieg. Was tat sie da nur? Er schloss die Augen, um so dem Bann zu widerstehen, den ihre Nähe auf ihn ausübte. Er verstand nicht, warum er so verwirrt war. Nicht *sie* ängstigte ihn, sondern die Gefühle, die sie in ihm auslöste. Und das schlafende Untier in seiner Hose war auf dem besten Wege zu erwachen, wenn er nicht bald von ihr loskam.

»In Zukunft schleicht Ihr nicht mehr durch die dunklen Gänge, wenn Euch Euer Leben lieb ist!« Er versuchte so kalt und bedrohlich zu wirken, wie nur möglich. »Ich bin ein Mann, der nicht lange fackelt, einen blinden Passagier zu erschießen. Ihr habt anscheinend keine Ahnung, wie knapp Ihr schon einmal dem Tod entkommen seid!« So schnell er konnte löste er sich von ihrer erregenden Umarmung und stapfte mit wehenden Haaren zurück in die Kabine.

Leeta blieb noch eine Weile wie angewurzelt stehen, während sie dachte: *Wow, was für ein Mann!*

Doch Leeta ließ sich von Rikers bedrohlicher Art nicht entmutigen und versuchte nun schon eine volle Woche mit dezenten Mitteln die Zuneigung des Captains zu gewinnen – die sie, laut Lady Yar, schon längst besaß. Sie hatte es mit verführerischen Blicken probiert, »zufälligen« Berührungen; war sogar einmal klitschnass und nur mit einem Handtuch bekleidet bei Riker auf der Kommando-Brücke erschienen, um sich sein Shampoo auszuleihen – doch das alles hatte zu nichts geführt. Er hatte sie kaum beachtet.

Doch Leeta wollte mehr, wollte, dass ES endlich passierte. Sie konnte es sich selbst nicht erklären, warum sie sich so unendlich stark zu diesem rauen Mann hingezogen fühlte, aber immer, wenn er in ihrer Nähe war, fing ihr Herz an zu rasen und ihr Atem stockte. Und das jedes Mal ein bisschen mehr. Es schien etwas zwischen ihnen zu geben, das sich weder um Vernunft noch Logik scherte – irgendeine unsichtbare Verbindung.

Lee wollte Rikers Vertrauen gewinnen ... und sein Herz. So traf es sich perfekt, dass sie einen Zwischenstopp auf dem blauen Planeten *Paradise* einlegten, da Riker dort noch »spezielle« Geschäfte zu erledigen hatte. Leeta war begeistert! Dieser Planet war *der* Honeymoon-Traum aller frisch verheirateten Pärchen des ganzen Universums! Dort gab es nur endlose weiße Sandstrände, unzählige Palmen, türkisblaues Wasser und den ganzen weiteren romantischen Kitsch, von dem alle Verliebten träumten. Die perfekte Atmosphäre also, um ihren »Zottelbär« ganz für sich zu gewinnen.

Anfangs war Riker strikt dagegen, dass sie das Raumschiff verließ, aber nachdem Leeta sich ihm bettelnd vor die Füße geworfen hatte – was Riker absolut peinlich war –, besorgte er ihr auf *Dream Island* ein fliederfarbenes Sommerkleid – Pussy hatte ihn auf Miss Adamis Konfektionsgröße aufmerksam gemacht! –, einen überdimensionalen Hut aus Stroh, eine Sonnenbrille und einen wirklich geschmackvollen Bikini, damit sie sich unauffällig unter das verliebte Volk mischen konnte.

Keiner würde sie erkennen, hoffte Riker, da alle nur mit ihren Partnern beschäftigt waren. Außerdem war die Prinzessin die perfekte Tarnung für seine dubiosen Geschäfte, weshalb sie sich beim Einchecken als frisch verheiratetes Pärchen ausgaben und für eine Nacht einen Super-Deluxe-Bungalow mieteten. Dieser lag nur ein paar Meter vom Strand entfernt idyllisch in einem Palmenhain. Das Haus bestand aus einem Schlaf- und einem Wohnraum. Riker würde die Nacht auf der Couch verbringen und Pussy ihre Anstandsdame sein.

»Aber sollten wir uns dann nicht auch wie ein verheiratetes Paar benehmen und endlich *Du* zueinander sagen?«, forderte Leeta vom Captain, nachdem sie ihr Zimmer bezogen hatte. »Ich bin Leeta. Aber Sie ... , *du* kannst mich Lee nennen.« Sie blickte ihn eindringlich an.

»Und ich bin Chris«, meinte Riker nur kurz, da er es ja gewohnt war, dass sie sowieso immer ihren Dickschädel durchsetzen wollte, und ließ Leeta mit dem Roboter allein. Sein Geschäftspartner erwartete ihn bereits. Riker war

22

froh, einmal Lees Nähe zu entkommen, denn diese Frau hatte irgendwie seinen Verstand verhext. In ihrer Gegenwart konnte er keinen klaren Gedanken mehr fassen und musste immer an die Umarmung denken, die sie ihm in dem düsteren Korridor geschenkt hatte.

Nachdem Leeta in ihre neue Garderobe gehüpft war, zerrte sie Lady Yar zum Strand. Die war von dem vielen Sand nicht wirklich begeistert, sondern hätte viel lieber ein heißes Ölbad genommen. Aber sie hatte ihrem Captain hoch und heilig versprechen müssen, die Prinzessin nicht aus den Augen zu lassen.

Pussy hatte Riker zuvor gefragt, ob er Angst habe, dass sie ihm ein Anderer wegschnappe – und sie meinte es nicht bezogen auf die Belohnung.

Riker hatte nur wütend geschnaubt, dass er keinerlei romantische Gefühle für die Prinzessin habe und sie ihm absolut gleichgültig sei. Doch Pussy hatte nicht locker gelassen und wieder damit angefangen, er solle endlich Talila Troi vergessen. Schließlich sei eine überaus reizende Lady zum Greifen nah.

Der Captain war ohne eine Antwort, aber mit leicht gerötetem Gesicht, davon marschiert. *Eine Lady – ja, das ist sie wirklich!*, hatte er gedacht. *Und Piraten und Ladys leben nun einmal in verschiedenen Welten.*

Leeta lag etwas abseits der Pärchen im warmen Sand. Sie wollte ihre vornehme Blässe gegen eine gesunde Bräune eintauschen, weshalb sie ihr Kleid ausgezogen und ihren Körper mit glitzernder Sonnencreme eingeschmiert hatte. Das würde den Captain sicher auf ihre Figur aufmerksam machen. Er wirkte immer so kalt und unantastbar – was war, wenn er gar nicht auf Frauen stand? Nein, ausgeschlossen! Sie hatte seine Blicke schon oft auf ihrem Körper gespürt, genauso seine Erregung, als sie ihm an den Hintern gelangt hatte. *Ich werde ihn schon noch herumkriegen, bevor wir Tantuum City erreichen!*

Eine Stunde später tauchte Riker wieder bei den beiden am Strand auf. Er hatte sich zwischenzeitlich dem Look der Insel angepasst und trug ein lächerliches geblümtes Hemd, eine verspiegelte Sonnenbrille und eine Bermudashorts, die seine muskulösen Waden besonders gut zur Geltung brachte. Leeta beschloss, ihren erhitzen Körper – erwärmt von den Strahlen der Sonne und ihren sündigen Gedanken – im Meer abzukühlen.

Aus den Augenwinkeln beobachtete Riker, wie sie in ihrem aufreizenden Bikini ins Wasser spazierte, während er etwas Geschäftliches mit Pussy besprach. Fasziniert von dem perfekten Körper, den die blauen Wellen umspülten und ihre Haut in der Sonne glitzern ließen, hätte er beinahe vergessen, weswegen er hier war. Durch das kühle Wasser hart geworden, zeichneten sich Lees Brustspitzen deutlich durch den feuchten Bikini ab. Riker versuchte krampfhaft, nicht auf ihre Brüste zu starren, da er sonst schnell Gefahr lief, sich an diesem Strand schrecklich zu blamieren. Zum Glück ließ ihm die Shorts etwas Spielraum.

Jetzt sah Lee ihre Chance gekommen, sich mit einem ganz abgedroschenen Trick an den Captain ranzuschmeißen. Obwohl sie nur bis zur Hüfte im Wasser stand, war die Strömung schon ziemlich stark, was sie auf folgende Idee brachte: Sie wartete die nächste große Welle ab und ließ sich von ihr überrollen. Der Sog riss ihr die Beine weg, sie tauchte absichtlich unter und harrte auf dem sandigen Grund des Meeres aus, in der Hoffnung, Riker würde kommen, um sie zu retten, bevor ihr die Luft ausginge. Und tatsächlich! Schon kurze Zeit später griffen starke Hände unter ihren Bauch und Riker trug sie an Land.

Von den umstehenden Leuten, die das ganze Schauspiel beobachteten, hörte sie vereinzelte Gesprächsfetzen: »Oh nein, … sie wird doch nicht … müssen Hilfe holen!«

Der Captain legte sie vorsichtig in den Sand und strich ihr die nassen Haare aus dem Gesicht. Sie war so wunderschön und verführerisch wie eine Meerjungfrau. »Prin…«, hätte er sich fast versprochen. Obwohl — manch verliebter Mann mochte seine bessere Hälfte auch *Prinzessin* nennen. »Lee, kannst du mich hören?«

Doch Leeta sagte nichts. Sie hielt ihre Augen weiterhin fest geschlossen, wobei sie versuchte, kaum zu atmen und auch sonst keine Regung zu zeigen.

»Pussy«, meinte Riker sich durchs Haar fahrend, »ist sie … was soll ich tun?«

Und Pussy, die genau wusste, was die Prinzessin gerade für eine Show abzog, wollte sich den Spaß nicht entgehen lassen, und erwiderte gespielt besorgt: »Versuchen Sie es mit Mund-zu-Mund-Beatmung, Sir!«

Und als Riker die Lippen auf ihren Mund drückte, schlang sie die Arme um seinen Nacken und küsste ihn. Ein ganz wunderbares Gefühl breitete sich sofort in ihrem Magen aus und das Kribbeln zog sich durch den ganzen Körper. Sie schmeckte das salzige Wasser auf seinen weichen Lippen und roch den erregenden Duft seines herben Aftershaves. Kühn, wie sie war, glitt sie mit einer Hand an dem nassen Hemd nach unten, wobei sie durch den dünnen Stoff die angespannten Muskeln spürte. Zwischen Lees Schenkeln begann es angenehm zu pochen.

Die umstehenden Paare applaudierten, als sie erkannten, dass es der Frau gutging, zerstreuten sich und gaben sich wieder ihren Dingen hin.

Riker war total perplex. Dieses kleine Luder gab es wohl nie auf, ihn verführen zu wollen! Sie verhielt sich wie eine Sirene, die es faustdick hinter den Ohren hatte! Einen kurzen Moment erwiderte er den zärtlichen Kuss, wobei er ihm beinahe erlegen wäre. Nachdem er einen Laut ausgestoßen

24

hatte – halb Knurren, halb Stöhnen –, löste er sich von ihren Lippen, bevor der Pirat in seiner Hose zum Leben erwachte. Warum musste sie so eine Show abziehen? Sie hatte die Aufmerksamkeit des gesamten Strandes auf sich gezogen! Sie hätte ihn doch einfach um einen Kuss bitten können.

Aber feig, wie er war, hätte er ihr sicher keinen gegeben.

»Reingelegt!«, hauchte Lee ihn an, wobei sie versuchte, möglichst unschuldig auszusehen, was ihr auch ohne Weiteres gelang.

In Rikers Augen wirkte sie ohnehin wie ein unschuldiges Mädchen. Sie war so jung! Was erhoffte sie sich von einem Halunken wie ihm? So ein unbeflecktes Wesen gehörte nicht in seine kriminelle Welt. Er durfte es nicht zulassen, dass sich zwischen ihnen etwas entwickelte. Sein Leben war viel zu gefährlich und er würde es sich nie verzeihen, wenn ihr etwas zustieße.

Riker, dessen Gesicht kaum eine Nasenlänge von ihrem entfernt war, flüsterte: »Mir so eine Angst einzujagen! Sind Sie verrückt? Wenn Sie nun jemand erkannt hat?« Die Prinzessin hatte wirklich Nerven! Oder mehr Haare als Verstand.

»Dann wäre vielleicht Ihre schöne Belohnung futsch!«, meinte sie beleidigt, drückte ihn von sich herunter und stapfte durch den warmen Sand zurück in den Bungalow. Nur ihrem Anstand hatte er es zu verdanken, dass sie sich nicht noch einmal zu ihm umdrehte, um ihn mit einer bösen Bemerkung zu vernichten.

Auch noch jemand anderes fühlte sich beleidigt oder besser gesagt: war fuchsteufelswild! Und es war nicht der Captain. Fürst Malamiko hatte die ganze Szene aus sicherer Entfernung beobachtet. Dieses Flittchen! Heute Nacht würde er sich seine untreue Verlobte zurückholen und ihren Liebhaber töten! Sie gehörte nur ihm – dem Fürsten ganz alleine! Was dachte sie sich eigentlich, sich so einem NIEMAND in die Arme zu schmeißen?

Enttäuscht zog sich Leeta die nassen Sachen aus und stellte sich unter die Dusche. So hatte sie sich das nicht vorgestellt. Der Captain begehrte sie anscheinend kein bisschen! *Sein Herz ist so kalt wie ein erloschener Stern!*

Als sie gerade dabei war, sich abzutrocknen, hörte sie Rikers Stimme durch die geschlossene Türe des Badezimmers: »Wenn Madame endlich Ihre Nase gepudert hat, dürfte ich dann auch mal die Dusche benutzen?«

Er klang nicht verärgert, eher etwas verlegen. Hatte sie doch etwas mit ihrem Kuss bewirken können? Vielleicht war er nicht gut genug gewesen, denn das war das erste Mal, dass sie einen Mann auf den Mund geküsst hatte, und ihr »Zottelbär« war mit Sicherheit bessere Küsserinnen gewohnt. Also musste sie es eben mit ihren anderen Reizen versuchen. Sofort kam ihr wieder der Handtuch-Trick in den Sinn. Vielleicht würde er ja diesmal hel-

25

fen. Deshalb wickelte sie sich das Tuch um den nackten Körper, das zwar ihre Scham gerade noch bedeckte, aber die Pobacken und Brüste ein Stückchen herausblitzen ließ, und öffnete die Türe.

Der Kuss hatte ihn ziemlich durcheinandergebracht, doch dieser Anblick ließ den Captain nun vollends dahinschmelzen. Am liebsten hätte er ihr sofort den Stoff vom Körper gerissen, der verführerisch nach Duschgel und Shampoo roch, damit er jeden Millimeter ihrer zarten, von der Sonne leicht geröteten Haut, mit Küssen bedecken konnte.

Doch er musste sich beherrschen. Sie war noch so jung, weshalb sie nicht wusste, was sie da tat. Sie war zum ersten Mal von Zuhause fort – hier gab es für sie keine Regeln, niemanden, der ihr das Leben vorschrieb. *Verständlich, dass da die Gefühle mit ihr durchgehen.*

Also drückte er sich an ihr vorbei, bevor sie durch die nasse Hose sein männliches Attribut bemerken konnte, und schloss schnell die Türe hinter sich. Kaum unter der Dusche, nahm er seinen Penis fest in die Hand, rief sich den sinnlichen Kuss in Erinnerung und stellte sich vor, in Lees ganz privates, feuchtheißes Paradies einzudringen.

Nach einem ganz vorzüglichen Abendessen im hoteleigenen Restaurant, bei dem Riker und Lee einen Tisch in einer mit Kerzen beleuchteten Nische hatten – denn Pussy erledigte solange Wartungsarbeiten am Frachter –, hängte Lee sich an seinem Arm ein, damit Riker sie über den Strand zurück zum Bungalow führen konnte. Inzwischen war die Nacht hereingebrochen und die zwei Monde des Planeten verwandelten mit ihrem bleichen Licht den Sand in pures Silber und ließen das Wasser funkeln, als hätte jemand unzählige Diamanten darüber verstreut. Es war ein märchenhaftes Bild, weshalb sich Leeta wie in einem wunderschönen Traum vorkam. Während ihrer gemeinsamen Zeit beim Essen hatten sie nur sehr wenig miteinander gesprochen. Keiner der beiden wusste so recht, was er sagen sollte.

Das sanfte Rauschen des Meeres übertönte gerade ihr peinliches Schweigen, als der Captain ihre Finger von seinem Arm löste. Schon wollte Leeta enttäuscht sein, doch Riker nahm ihre kleine Hand in seine. Ihr Herz machte einen Sprung. Sie hatte einen Sieg errungen! Wenn auch nur einen winzigen, aber das war doch immerhin ein Anfang! Sie hielt seine Hand fest in ihrer und lächelte glücklich in die Dunkelheit.

Rikers Herz trommelte wild gegen seine Brust. *Verdammt, jetzt habe ich mich doch glatt in dieses zarte Mädchen verliebt.* Warum konnte sie keine flüchtige Bekanntschaft sein? Dann hätte er sie jetzt genommen – gleich hier im Sand. Doch Lee verdiente etwas Besseres.

Als er mit Talila Troi zusammen war, hatte er sich sein Geld noch ehrlich erarbeitet. Damals war er ein angesehener Captain der Universal-Empire-

26

Flotte gewesen, bis Commander Thompson in Talila Trois Leben getreten war. Praktisch über Nacht hatte sie Riker verlassen und fortan hatte er versucht, seinen Kummer mit Alkohol zu ertränken. Doch das führte nur dazu, dass alles noch schlimmer wurde. Erst wurde er vom Dienst suspendiert – daraufhin versumpfte er in den übelsten Spelunken des Universums. Keiner wollte ihn mehr als Captain anstellen, worauf für Riker der Alkohol fortan das einzige Mittel zu sein schien, mit dem er den Schmerz betäuben und sein armseliges Leben vergessen konnte.

Nach einem Jahr war er total abgebrannt und ein seelisches Wrack. Er begann, für zwielichte Gestalten und Hehler zu arbeiten, denen es egal war, wie er aussah, solange er ihre Aufträge ausführte. Zuerst hatte Riker nur kleinere Dienste angenommen, um sich über Wasser halten zu können. Doch schon bald hatte er erkannt, dass er mit illegalen Geschäften viel mehr Geld verdienen konnte, als zu seinen Zeiten bei der Empire-Flotte, weshalb er immer gewagter wurde. Mit seinem letzten Geld kaufte er einem alten Gauner das noch ältere Frachtschiff *Lightning* ab und besorgte sich anschließend einen Roboter als Co-Piloten. Und Pussy und er waren von Anfang an ein hervorragendes Team. Der Roboter gehorchte ihm uneingeschränkt, noch nahm er es einem übel, wenn man ihn ruppig behandelte.

So entwickelte sich Riker im Laufe der Zeit zu einem der gefährlichsten und gefürchtetsten Männer des Neuen Unabhängigen Reiches, denn was hatte er außer seinem jämmerlichen Leben schon zu verlieren?

Talila Troi war seit fünf Jahren fort, doch sein Herz immer noch nicht geheilt. Und vielleicht wollte er das auch gar nicht. Denn wie hatte eine einzige Frau sein Leben nur so durcheinanderbringen können? *Verdammt, das darf sich nie mehr wiederholen*! Denn wenn er liebte, dann liebte er richtig. Mit Haut und Haaren und allem, was dazugehörte. Und die Ewigkeit zählte da dazu. Man mochte es ihm nicht ansehen, doch tief in seinem Herzen hatte er eine romantische Ader.

Als sie vor dem mit Fackeln beleuchteten Eingang des Bungalows standen, fragte Riker: »Willst du gar nicht wissen, wie ich mein Geld verdiene?«

Jetzt könnte er ihr endlich sagen, was er für ein schlechter Mensch war. Gleich würde Lee sich entsetzt von ihm abwenden, und er brauchte keine Angst mehr zu haben, dass sie beide jede Sekunde übereinander herfielen. Riker spürte, wie deutlich Lee *es* wollte. Er bemerkte es an der Art, wie sie ihn ansah, sich bewegte und immer wieder beim Essen mit ihrem Fuß leicht sein Bein berührt hatte. Auch jetzt erinnerte er sich noch zu gut daran, welchen Sturm der Empfindungen diese zärtliche Geste bei ihm ausgelöst hatte. *Verdammt noch mal, ich bin auch nur ein Mann!*

Doch Lee flüsterte nur: »Es interessiert mich nicht, wie du dein Geld verdienst, Zottelbär.«

27

»Zottelbär?«, scherzte er. »Also, *das* bin ich für dich? Ein überdimensional großer Plüschteddy, der einen tröstet und mit dem man spielen kann, wenn einem langweilig ist?«

Es war schön, ihn so gut gelaunt zu sehen. Zum ersten Mal seit ihrer Bekanntschaft strahlte er sie mit seinen graublauen Augen an.

Plötzlich war Leeta unfähig, ihren Blick von ihm abzuwenden. »Ich würde gerne einmal mit dir spielen«, hauchte sie, während sie sich an seinen Körper drückte, der aus jeder Pore einen äußerst erotischen Geruch verströmte. »Aber nicht, weil mir langweilig ist!« Leeta spürte die harte Beule seiner Hose an ihrem Bauch und legte erwartungsvoll ihren Kopf auf seine Brust. Da war es, das nächste »Zeichen« seiner Zuneigung. Sie durfte jetzt bloß nicht locker lassen. Bald hatte sie ihn so weit!

Riker schob sie sanft von sich weg, damit er mit dem Chip die Türe öffnen konnte, und als sie zur Seite glitt, erkannte er Pussy, die schon auf sie gewartet hatte. Sofort eilte er in den Wohnbereich, den nur ein Durchgang von Lees Schlafzimmer trennte, warf sich auf die Couch und rief: »Gute Nacht, Mädels!« *Was bin ich nur für ein erbärmlicher Feigling!*

»Gute Nacht, Captain!«, rief Lee zurück, bevor sie sich grinsend ins Badezimmer verzog. Gleich würde sie nackt zu ihm schleichen, was ihn vollends aus der Fassung bringen würde!

Lady Yar stellte sich in eine Ecke des Schlafraumes, fuhr die Systeme herunter und wechselte in den Überwachungs-Modus, was ein rotes Blinken in ihrem rechten Auge verriet.

Fürst Malamiko, der den beiden mit gezogener Waffe durch die Dunkelheit gefolgt war, stand vor dem Fenster des Bungalows, wobei er »seine« Prinzessin dabei beobachtete, wie sie sich ihr Kleid auszog. Er verfluchte sich, dass er ihren Begleiter nicht schon am Strand umgelegt hatte, denn der Bungalow war gesichert wie ein Gefängnis! Auch wenn er es irgendwie unbemerkt hineinschaffen würde, gab es da immer noch den Roboter, der sofort Alarm schlug! Und er durfte keine Spuren hinterlassen. Aber spätestens morgen Früh würde er zuschlagen! Ja, dann würde er diesem Miststück schon ihren jugendlichen Leichtsinn austreiben!

Riker, der mit geöffneten Augen auf der Couch lag, nur mit einer Shorts bekleidet, starrte gerade gedankenverloren an die dunkle Zimmerdecke, als er die Prinzessin im Badezimmer schreien hörte. Mit einem Satz war er an ihrer Tür. War das wieder nur ein übler Scherz, um sich an ihn ranzuschmeißen? Die Türe war nicht verschlossen und so fand er Lee, kreidebleich und nur in ihrer Unterwäsche, mit dem Rücken an die Wand der Duschkabine gepresst. Sie wirkte wie versteinert, als sie mit weit aufgerissenen Augen das Fenster anstarrte, das auf der Rückseite des Bungalows lag.

»Was ist passiert?«, fragte er. Auch Pussy war sofort zur Stelle.

28

»ER ist hier! Ich habe ihn gesehen!«, brachte sie mit schwacher Stimme hervor, während sie mit zitternden Fingern auf das Fenster deutete.

Riker nahm sie in die Arme. Lees Körper bebte, was sicherlich nicht gespielt war. Er wusste es, wenn jemand Angst hatte. Er bewegte sich schon lange genug in bestimmten Kreisen; hatte es schon oft erlebt, wie die Männer und Frauen, die er einfangen und an seine Auftraggeber ausliefern sollte, ihn mit genau denselben panischen Blicken angesehen hatten. Und ihre Furcht schien aus jeder einzelnen ihrer Poren zu strömen.

»*Wer* ist hier?«, wollte er wissen. Was in Gottes Namen hatte ihr so eine Angst eingejagt? Und warum musste sich ihr zitternder Körper in seinen Armen so verdammt gut anfühlen?

»Fürst … Malamiko … Mein Verlobter …», brachte sie nur zähneklappernd hervor.

Malamiko … dieser Name war Riker durchaus ein Begriff!

»Ich nehme an, *er* ist der *persönliche Grund*, weshalb du von Zuhause weggelaufen bist?«

Lee nickt nur und wollte auf den Boden sacken. Ihre Beine, die weich wie Gummi waren, hielten sie nicht mehr. Doch Riker hatte sie fest im Griff, hob sie hoch und legte sie auf ihr Bett. Dort deckte er sie zu und wandte sich dann an den Gynaikoiden: »Pussy, du postierst dich heute Nacht vor der Hütte! Sollte dieses Schwein hier wieder auftauchen, sagst du mir sofort Bescheid!«

»Jawohl, Sir!«, gehorchte der Roboter und verschwand durch die Tür in die dunkle Nacht.

Was auch immer Malamiko ihr angetan hatte, der Captain würde nicht zulassen, dass es sich wiederholte. Riker hatte schon einiges über diesen Herrscher gehört. Er galt als einer, der alles bekam was er wollte und dabei über Leichen ging, wenn es sein musste. Diesen Irren durfte man nicht unterschätzen. Wie konnten Lees Eltern nur so grausam sein, sie mit einem derart brutalen Mann zu verheiraten? *Bin ich selbst denn besser als er?*

Doch Fürst Malamiko war längst wieder verschwunden. Nachdem die Prinzessin ihn bemerkt hatte, war er sofort zu den Docks zurückgelaufen. Ihre Reaktion hatte ihn hoch erfreut! Er liebte es, wenn sich die Menschen vor ihm fürchteten. Das polierte sein Selbstwertgefühl ungemein auf. Sowohl die Angst in ihren Augen als auch ihr halbnackter Körper hatten ihn angenehm erregt, weshalb er den morgigen Tag kaum erwarten konnte. Der Fürst schlich sich zum Frachter des Captains, und suchte nach einer Möglichkeit, unbemerkt in das Schiff zu gelangen.

»Wie konnte er mich nur finden?«, schluchzte Lee, während sich Riker zu ihr auf das Bett setzte.

Nach kurzer Überlegung fiel ihm nur eine Antwort ein: »Dein Implantat.

29

Es sendet vielleicht ein Signal aus!« Verdammt, warum war er nicht schon früher darauf gekommen?

»Dann musst du mir dieses Ding sofort rausschneiden!«, befahl ihm Leeta, richtete sich im Bett auf und streckte ihm ihren Arm hin.

»Jetzt gleich? Ich habe nichts hier, um die Stelle zu betäuben«, sagte er und fühlte an der Innenseite ihres schlanken Oberarmes nach dem Chip. Ihre Haut war so zart! Wie würde es sich anfühlen, wenn er diese empfindliche Stelle mit den Lippen berührte?

»Jetzt sofort!«, forderte sie und sah ihm dabei fest in die Augen.

Wie hätte er diesem betörenden Blick nur widersprechen können?

Nachdem Riker in den Wohnraum gegangen war, holte er aus der Tasche seiner Hose einen kleinen Stab. Es war ein Lasermesser, ohne das er nie sein Schiff verließ. Es hatte ihm schon mehrmals gute Dienste geleistet und einmal sogar sein Leben gerettet.

Als er zu ihr zurückkam, hatte sich Lee im Bett ausgestreckt, den linken Arm über dem Kopf, sodass er ohne Probleme die Stelle erreichen konnte an der das Implantat saß. Die Art, wie sie so verführerisch vor ihm lag, ließ seinen »Tiger« schon fast wieder ausbrechen. Zum Glück hatte er sich heute schon seines Drucks entledigt, deshalb hatte er sich ganz gut im Griff. Er versuchte, sich weiter abzulenken, indem er sich ganz auf den bevorstehenden Schnitt konzentrierte. »Es wird etwas wehtun. Aber ich versuche, mich zu beeilen«, sagte er. So vielen Menschen hatte er schon Verletzungen zugefügt, absichtlich, im Kampf, oder unbeabsichtigt, zu seiner Verteidigung. Aber bei Lee zögerte er. Dreimal setzte er an, bis er es endlich schaffte, mit dem Laser die Haut ein Stück zu öffnen, damit er das Implantat herausdrücken konnte. Sie stöhnte kurz auf, während sie sich auf die Unterlippe biss. Durch den Schmerz breitete sich auf ihrem gesamten Körper eine Gänsehaut aus und die zarten Knospen ihrer Brüste zeichneten sich spitz durch den Stoff des BHs ab. Riker bewunderte sowohl ihre Tapferkeit als auch ihre steifen Nippel. Wie gerne würde er jetzt an ihnen saugen, sie mit der Zunge umkreisen und Lee hemmungslos stöhnen hören.

»Für eine Prinzessin hältst du dich echt gut!« Er grinste sie an, als er die kleine Wunde mit dem Stift wieder verschweißte, wobei es kurz nach verbrannter Haut roch.

Trotz ihrer Schmerzen nahm sie seinen leidenschaftlichen Blick wahr, der ihr Blut in Wallung brachte und ihren Körper erbeben ließ. *Seine Nähe bringt mich noch um den Verstand!* Nur die Angst vor Malamiko hielt sie davor zurück, ihn ins Bett zu ziehen.

Anschließend warf Riker das Implantat auf den gefliesten Boden und hielt so lange mit dem Laser darauf, bis nur noch ein verschmortes Kügelchen davon übrig war. Aus der Mini-Bar holte er etwas Eis, das er immer wieder

30

vorsichtig auf den kleinen roten Strich an ihrem Arm drückte. Das geschmolzene Wasser bahnte sich einen Weg bis zu ihren Achseln, wo es sich in einer kleinen Kuhle sammelte, was Riker sehr erotisch fand. Ganz *aus Versehen* entglitt ihm der Eiswürfel, und beim Versuch, ihn einzufangen, streifte er mit der Hand ihre Brust. Diese Berührung war wie ein elektrischer Schlag gewesen, und auch Leeta stöhnte leise auf.

Riker griff sich mehrmals unbewusst in den Schritt, wo sich durch den Stoff seiner eng anliegenden Hose deutlich der Teil seiner Anatomie abzeichnete, der sich bereits versteift hatte. Er musste von ihr weg, bevor er sich nicht mehr beherrschen konnte, weshalb er sagte: »Dann werd ich mal wieder auf die Couch …«

Doch Lee unterbrach ihn: »Bitte bleib! Lass mich jetzt nicht alleine!« Sie flehte ihn mit glasigen Augen an, während sie ihn am Arm festhielt. Sie hatte wirklich Angst jetzt ganz alleine in dem großen Bett zu liegen. Obwohl sie gerade absolut nicht den Wunsch verspürte, mit diesem Mann zu schlafen, wäre es ihr dennoch egal, wenn er ihren Körper jetzt nehmen würde. Sie hatte diesen armen Kerl so sehr gereizt und konnte es ihm nicht verdenken.

Riker schlüpfte unter ihre Decke und Lee drehte ihm den Rücken zu. Er schmiegte sich an ihre warmen Hinterseite, mit der sie sich bei ihm einkuschelte wie ein Häschen in seiner Höhle. Sie spürte seinen klitzekleinen Bauchansatz mit der schmalen Linie aus gekräuselten Haaren, die leicht an ihrem Rücken kitzelten, und fühlte sich so wohl und geborgen wie noch nie in ihrem Leben. Seine Männlichkeit drückte sich fest an ihre Rundungen, und Lee genoss das angenehme Gefühl, das sich von dieser Stelle pochend bis in ihren Unterleib ausbreitete. Vielleicht wäre es jetzt doch ganz schön, wenn er sie mit seinem Penis ausfüllen würde? Unbewusst presste sie den Po noch fester an sein Glied.

»Bitte Lee, halt doch still!«, flehte Riker, sein Gesicht in ihren Haaren vergraben, während er einen Arm um ihre Hüfte legte. Mehr wagte er nicht. Er war schon zu sehr erregt und wusste nicht, wie lange er sich noch zurückhalten konnte.

Lee vernahm seinen beschleunigten Atem an ihrem Ohr. *Er ist so rücksichtsvoll!* Doch wie sehr musste es ihn quälen, sich so zu beherrschen! *Soll ich ihm sagen, dass ich mit ihm schlafen möchte?* Ihre plötzlich aufsteigende Lust hatte ihre Angst verdrängt. Was konnte ihr der Fürst hier im Haus schon anhaben? Er würde nicht hineinkommen. Außerdem stand Lady Yar noch vor der Türe. An ihr müsste Malamiko erst mal vorbei!

Riker wagte es immer noch nicht, Lee unsittlich zu berühren. Er war schon so sehr erregt, dass er, wenn er ihr auch nur an die Brust greifen würde, sofort über sie herfiele wie ein wildes Tier über seine Beute. Ihre kleinen, runden Pobacken drückten sich fest an sein pulsierendes Glied, das eingeengt

31

in der Hose lag und nach mehr Platz verlangte. Der weibliche Duft, den ihr grazialer Körper verströmte, raubte ihm die Sinne. Er musste aus diesem Bett raus, und zwar schnell, bevor er Lees unschuldigen Körper nehmen würde, ob sie wollte oder nicht.

»Sollte dich dieser Typ auch nur einmal anfassen, dann bringe ich ihn um, das verspreche ich dir!«, keuchte er ihr ins Ohr, als er aus dem Bett schlüpfte. Riker musste schleunigst unter die kalte Dusche. Er war schon an der Tür zum Badezimmer, als er ihre Stimme hinter sich hörte: »Chris, warte …«

Er drehte sich um. Da stand sie vor ihm, während sie vor seinen Augen den Verschluss des Büstenhalters öffnete. *Oh diese hinterhältige Nixe!* Sie hatte ihn total verhext! Lees Knospen standen steif von ihren reizenden Brüsten ab.

»Bitte, nimm mich …«, flehte sie. In diesem Moment wollte sie nur ihn. Was danach kam, war ihr egal. Sie wusste, bald würde der Tag kommen, an dem sich ihre Wege trennten. Und da wollte sie wenigstens die Erinnerungen an seine Umarmungen mitnehmen, die sie für immer in ihrem Herzen bewahren würde.

Riker schloss die Augen und rührte sich nicht. »Lee, weißt du, was du da tust?« Doch anstatt eine Antwort zu erhalten, spürte er, wie sie ihm die Hose nach unten zog. Mit einem erleichterten Federn entkam sein Glied der unangenehmen Enge.

Lee hatte noch nie einen Penis aus der Nähe gesehen, weshalb ihr dieser Anblick gehörigen Respekt einhauchte. Der Schaft war lang und dick, und die dunkle Spitze besonders stark ausgeprägt. Dieses Ungetüm sollte in ihre kleine Spalte passen? Würde das nicht furchtbar wehtun?

Riker bemerkte ihr Zögern. Als er seine Augen öffnete, sah er Furcht in ihrem Gesicht. »Du hast noch nie mit einem Mann geschlafen, oder?« Seine Stimme war vor Erregung heiser.

»Nein«, hauchte sie. »Aber ich bin fest entschlossen, es jetzt hinter mich zu bringen. Ich will nicht als alte Jungfer enden!« Riker sollte denken, dass dies ihr einziges Motiv war, um mit ihm zu schlafen, und nicht, weil sie sich längst in diesen Schuft verguckt hatte.

Also packte sie sein erigiertes Glied und zog ihn daran zurück ins Bett. Riker unternahm nun keinen Versuch mehr, sie umzustimmen. Er hätte es auch nicht mehr gekonnt. Er drückte ihren Rücken auf die Matratze, öffnete ihre Schenkel und vergrub sein Gesicht in der zart gelockten Scham. Mit der Zunge umspielte er die kleine, harte Perle, wobei er bemerkte, wie Lees Körper jedes Mal zusammenzuckte, wenn er diese Knospe ganz in den Mund nahm und daran saugte. Zu fühlen, wie ihre Leidenschaft erwachte, raubte ihm fast die Selbstbeherrschung. Ihr Saft schmeckte so süßlich und rein, wie er ihn noch nie bei einer Frau gekostet hatte, und er konnte nicht

32

genug davon bekommen. Immer wieder leckte er über die Schamlippen und stieß mit der Zunge in ihre heiße Höhle, damit er sich noch mehr von dem betörenden Getränk holen konnte.

Lee hatte keine Ahnung gehabt, zu welchen Gefühlen ihr Körper fähig war. In den vielen Nächten, in denen sie sich selbst befriedigt hatte, war sie immer nur darauf aus gewesen, ihren Höhepunkt möglichst schnell zu erreichen. Doch von diesen lustvollen Freuden, die ihr dieser Mann gerade bescherte, hatte sie bis jetzt nicht einmal geträumt.

Als Riker vorsichtig zwei Finger in sie hineinschob, spürte sie nur einen kurzen Schmerz, der aber sofort von ihrer zügellosen Lust verdrängt wurde. Lee wollte mehr. Sie zog den Captain an den Haaren nach oben, packte mit der rechten Hand sein hartes Glied und führte es in ihre feuchte Spalte. Es schmerzte etwas, als ihr Jungfernhäutchen nun ganz einriss, obwohl Riker sehr sanft war.

Als sein Phallus in ihren Schoß tauchte und seine Hände ihre Brüste umschlossen, konnte sich Riker nicht mehr zurückhalten. Unter lautem Keuchen schoss er den Samen in sie hinein, während er seine Zunge immer wieder in ihren Mund stieß.

»Es tut mir leid«, schnaufte er atemlos, als er seinen Penis aus ihr herauszog. »Du hast dir dein erstes Mal bestimmt erfüllender vorgestellt.«

Riker legte sich an Lees Seite, wobei er beschämt die Augen schloss. Was musste sie von ihm denken? Er war viel zu schnell gekommen, doch alleine das Wissen um ihre Unschuld hatte ihm die Kontrolle genommen. Lee würde ihn für einen elenden Versager halten.

»Es war bis jetzt *sehr* erfüllend«, antwortete ihm Leeta und führte seine Hand an die erhitzte Stelle zwischen ihren Beinen.

Riker verstand, was sie wollte. Vielleicht konnte er jetzt sein Missgeschick wiedergutmachen. Schließlich war er über sie hergefallen wie ein Tier.

Er begann, mit den Fingern schnell und fest über ihre Schamlippen zu reiben, wobei Lee ihre Schenkel möglichst weit öffnete, damit er ihre Klitoris nicht verfehlen konnte. Mit der anderen Hand und der Zunge liebkoste er ihre Brustwarzen und es dauerte nicht lange, da hatte auch Lee den Gipfel der Lust erreicht, zum ersten Mal ausgelöst durch das Zutun eines Mannes. Sie stöhnte hemmungslos und ihr Körper zuckte unter »ihrem« Captain.

Als das Pochen in ihrem Unterleib abebbte, hatte sie das Gefühl, noch immer nicht genug bekommen zu haben. Riker hatte sich wieder neben sie gelegt und war im Begriff einzuschlafen. Doch Lee nahm einfach sein halb erschlafftes Glied in den Mund, saugte und lutschte solange daran, bis es wieder aufrecht stand, und schmeckte die ungewohnte Mischung ihrer Körpersäfte. Es erregte sie, seine Männlichkeit ganz in ihrer Gewalt zu haben.

»Was tust du da?«, fragte er müde. Doch auch seine Lust entflammte

33

erneut.

»Noch ein bisschen mit dir spielen, Zottelbär«, antwortete sie ihm grinsend, setzte sich auf seinen Bauch und steckte sich den Penis ein weiteres Mal hinein. In ihrem Inneren brannte es wie Feuer. Lee musste diese Hitze löschen, bevor ihr Körper verglühte. Also rieb sie ihren Kitzler an den dunklen Haaren seines Schaftes, wobei sie über Rikers Brustwarzen leckte, die ebenso steif waren wie ihre. Sie umschloss seine Handgelenke und hielt seine Arme fest. Ihr großer, starker Mann lag vollkommen wehrlos unter ihr, was Lee außerordentlich gut gefiel – ja, es turnte sie sogar extrem an!

»Du kleines Luder, willst alles gleich beim ersten Mal bekommen?« Stöhnend befreite er einen Arm aus ihrem Griff. Vor ihren Augen leckte er sich genussvoll über den Zeigefinger. »Dann frag ich mich, wie dir das gefällt.« Er glitt mit der Hand an ihrer Hüfte vorbei, über die herrlichen Rundungen ihres knackigen Hinterns, und steckte ihr die Spitze des Fingers einfach in ihren Po.

Lee riss entsetzt die Augen auf, weshalb Chris sie überlegen angrinste.

»Na, du kleine Wildkatze, wie findest du das? Ich glaube, ich muss dich erst ein bisschen zähmen!« Und er drückte den Finger sanft noch etwas tiefer in sie hinein.

Irgendwie erregte Leeta dieses merkwürdige Gefühl noch mehr. Was er da mit ihr anstellte, war schmutzig, verdorben und hatte etwas Verbotenes an sich. Aber gerade deswegen gefiel es ihr. Unwillkürlich stöhnte sie auf und rieb ihren Kitzler nur noch fester auf Rikers Körper.

Wer hätte gedacht, dass seine kleine Prinzessin so ein durchtriebenes Luder war? Sie hatte noch nie in ihrem Leben mit einem Mann geschlafen, doch sie besaß so eine natürliche Leidenschaft, die sie alle Hemmungen vergessen ließ, weshalb sie gleich alle Spielarten der Liebe ausprobieren wollte.

Mit seiner freien Hand kniff Riker vorsichtig in einen ihrer rosa Nippel. Lee stöhnte ein weiteres Mal laut auf. Ihr Unterleib schien gleich zu zerspringen.

Da zog er ihr den Finger wieder aus dem After, umschlang ihren Körper mit seinen Armen, und rollte sich zusammen mit ihr über die Matratze, bis sie unter ihm lag. »Ich glaube, ich muss dir erst noch beibringen, wer hier das Sagen hat«, scherzte er keuchend, und stieß, über ihr kniend, fest in ihre heiße Spalte.

Lee fühlte sich ausgeliefert unter seinem mächtigen Körper, doch das erregte sie zusätzlich. Riker biss vorsichtig in die Spitzen ihrer Brüste. Natürlich würde er ihr niemals wehtun. Er machte es gerade so fest, dass sie dabei Lust empfand und keine Schmerzen.

Leeta war ein wenig schockiert über sich selbst. Warum empfand sie so viel Erregung dabei, wenn er hart in sie hineinhämmerte und die empfind-

34

lichsten Stellen ihres Körpers mit den Zähnen neckte? »Nimm mich so hart du kannst!«, flehte sie ihn stöhnend an, wobei sie kurz über ihre vulgäre Sprache stutzte. Sie wollte noch mehr davon, wollte es feste, und sich ihm voll und ganz unterwerfen.

»Wie du willst, Miststück!«, keuchte er, als er den feuchten Penis aus ihr herauszog. Ihr ganzes Lustzentrum war überschwemmt von dem sämigen Saft ihrer Vulva, der zwischen ihren Pobacken auf das Bett hinablief. Scheinbar wehrlos lag Leeta unter ihm, die Arme und Beine wie ein X von ihrem Körper gespreizt, während sie heftig atmend darauf wartete, dass er es ihr so richtig besorgte. Riker kniete vor ihr, nahm ihre Beine, legte jedes auf eine seiner breiten Schultern, und führte sein feuchtes Glied vorsichtig in ihre Rosette. Lee schrie laut auf, vor Schmerz und Lust.

In ihrem After war sie noch viel enger als in ihrer Scheide. Obwohl er nur mit der Spitze in sie eingedrungen war, erregte ihn diese ungewohnte Stellung so sehr, dass er sich einen kurzen Augenblick später schon wieder in sie ergoss. Doch diesmal blieb er in ihr, genoss den Anblick, wie Lee sich hingebungsvoll unter ihm wand, als er mit den Fingern ihre feuchten Schamlippen auseinanderdrückte und fest an dem geschwollenen Kitzler rieb. Und kurze Zeit nach ihm kam auch sie, ekstatisch schreiend und am ganzen Körper bebend.

»Keine Jungfrau mehr, vorne wie hinten. Zufrieden Prinzessin?«, fragte Riker außer Atem, als sie aufgehört hatte, sich zu schütteln. Erschöpft ließ er sich neben sie auf den Bauch fallen. Die Prinzessin hatte ihn ganz schön geschafft. Er war schließlich nicht mehr der Jüngste.

»Zufrieden«, grinste sie, rollte seinen abgearbeiteten Körper auf die Seite und kuschelte sich wieder in ihre »Grube«.

Müde schaffte er es noch einen Arm um ihre Hüfte zu legen. In dieser Stellung schliefen sie beide ein und erwachten erst, als ihnen der Zimmerservice am nächsten Morgen das Frühstück brachte.

Pussy wackelte hinter dem Angestellten in den Bungalow hinein, wobei sie natürlich sofort wusste, was die beiden getrieben hatten. »Na, hatten die Turteltäubchen eine angenehme Nacht?«, scherzte sie, als sie zum Bett hinüberblickte.

Riker versuchte sie böse anzusehen, was ihm aber an diesem Morgen einfach nicht gelingen wollte.

Nach dem gemeinsamen Frühstück waren die beiden ins Bad gehuscht und hatten sich eingeschlossen. Pussy drängte, es sei Zeit zum Abflug.

»Ja, ja … Wir kommen gleich«, drang Rikers Stimme als dumpfes Stöhnen durch die Türe. Und Lee und der Captain hielten ihr Versprechen …

Die entsicherte Waffe unter dem Hemd versteckt, geleitete Riker die Prin-

35

zessin, die dicht hinter ihm ging, zur *Lightning*. Lee hatte Angst. Ihr Herz klopfte ihr bis zum Hals, doch sie versuchte es zu verbergen. Chris sollte sie nicht für ein verweichlichtes Frauenzimmer halten.

Pussy folgte den beiden mit ein paar Schritten Abstand, wobei sie die Umgebung scannte. Sie empfing keine weiteren Lebenszeichen in nächster Nähe. Rikers Schiff war im Moment das einzige an Dock 4. Absolut nichts deutete darauf hin, dass Malamiko hier war.

Als Lee wieder die *Lightning* betrat, überkam sie ein seltsames Gefühl der Vertrautheit. Obwohl sie erst seit einer Woche auf dem Frachter war, kam es ihr so vor, als hätte sie schon immer hier gelebt. Und sie hätte ewig an Rikers Seite durch das All fliegen können. Doch in sechs Tagen würden sich ihre Wege trennen. Für den Captain war sie sicher nur eine Affäre und eher ein Klotz am Bein. Sie wusste nicht genau, womit er seinen Lebensunterhalt verdiente, doch sie merkte deutlich, dass sie ihm bei seinen Geschäften nur im Weg sein würde. An ihr Dasein als gehorsame Prinzessin wollte sie auch nicht mehr denken. Um nichts auf der Welt würde sie wieder nach Alilandano zurückkehren.

Lee spürte einen schmerzhaften Stich in der Herzgegend, was ihr sagte, dass sie sich ernsthaft in diesen ungehobelten Kerl verliebt hatte, der unter seiner harten Schale einen extrem weichen Kern hatte. Doch sie würde es Chris nicht zeigen. Er sollte nicht denken, dass sie ihm hinterher jammerte, wenn er sie in Tantuum City zurückließ.

Nachdem Riker und Pussy das gesamte Schiff durchkämmt hatten und sie vollkommen sicher waren, dass Malamiko weder anwesend war noch einen Sender angebracht hatte, startete der Captain die Triebwerke und ließ den blauen Planeten *Paradise* hinter sich zurück. Doch seine Erinnerung an die wundervolle Nacht mit Lee nahm er mit. Zu gerne würde er sie zur Frau an seiner Seite machen. Lee hatte ihn gefesselt, ihr süßer Geruch ihn vollkommen betört. Die Art, wie sie sich ihm letzte Nacht ganz offen und hemmungslos hingegeben hatte – was so gar nicht ladylike war –, hatte ihm gefallen und ihn verzaubert. Doch er brauchte sich nichts vormachen. Sie war und blieb eine Prinzessin, weshalb sie ihn schon bald vergessen haben würde. So einen unordentlichen, aufbrausenden und kriminellen Mann wie ihn würde sie niemals heiraten. Und Pussy würde ihn nicht überreden können, Lee seine wahren Gefühle zu gestehen. Vor einer Frau wollte er sich keine Blöße geben. Eine Abfuhr würde er nicht verkraften.

Lee fühlte sich glücklich und frei. Sie war ihren ekelhaften Verlobten und ihr Implantat endlich los, und niemand wusste, wo sie sich gerade befand. Die sechs Tage, die ihr noch auf diesem Schiff blieben, würde sie voll und ganz auskosten. Vielleicht konnte sie Chris sogar davon überzeugen, sie hier an Bord zu behalten, wenn sie sich nützlich machte. Sie wollte ihm zeigen,

36

dass sie nicht nur hübsch war, sondern auch Grips besaß – eine Eigenschaft, die einer Prinzessin meistens abgesprochen wurde.

Und Leeta stellte sich in der Tat sehr begabt an. Pussy wies sie auf einige Systeme ein, damit Lee den Zustand des Schiffes überwachen konnte. Schnell erkannte sie auf dem Monitor, wo ein Chip, Relais oder ein anderes Teil defekt war, und gemeinsam mit Pussy tauschte sie die Teile aus. Lee war so froh, endlich eine Aufgabe zu haben, die sie erfüllte. Sie wäre sonst vor Langeweile gestorben.

Riker erstaunte es, wie geschickt sie sich im Umgang mit der Technik erwies, wie schnell sie begriff und lernte. Diese Frau faszinierte ihn immer mehr. Er hatte sie zu Beginn ihrer Bekanntschaft völlig falsch eingeschätzt.

Des Öfteren warfen sie sich im Laufe des Tages lüsterne Blicke zu, denn sie konnten es kaum erwarten, wieder miteinander zu verschmelzen. Und als es endlich Zeit war ins Bett zu gehen – Pussy überwachte wie immer den Flug, denn Gynaikoiden mussten nicht schlafen –, wartete Lee schon vor Rikers Kabine.

»Darf ich heute Nacht bei dir bleiben?«, fragte sie fordernd, wobei sie sich an seinen muskulösen Körper schmiegte, von der Sehnsucht getrieben, seine Nähe bis zum Äußersten zu genießen. »Ich weiß auch noch nicht mal wie du wohnst!«

»Ähm …« Riker war es sehr peinlich, dass er es nicht geschafft hatte, Ordnung in seiner Kabine zu halten. Er zögerte, die Tür zu öffnen. Wenn sie sah, wie er hauste, würde es sie sicher abschrecken. Und Riker wollte doch so gerne, dass sie bei ihm blieb. Für immer.

Lee duldete keinen Widerspruch, legte die Arme um seinen Nacken und zog sich an ihm nach oben. Als sie mit ihrem Mund seine Lippen berührte, schlang sie die Beine um seine Hüften. Er würde ihr nicht entkommen. Sie brauchte es schon wieder.

Riker erwiderte den Kuss, was seine Erregung sofort weckte. Mit den Händen hielt er ihre Pobacken fest, damit sie nicht nach unten rutschen konnte. Lee tastete sich mit der Zunge in seinen Mund vor, und in diesem Augenblick gewann bei Riker das Verlangen die Oberhand, wobei er alles andere vergaß. Er war stark genug, ihren kleinen Körper mit einer Hand zu halten, während er mit der anderen nach der Tür suchte. Als er den Schalter endlich gefunden hatte, drückte er den Daumen darauf, wobei die Tür zur Seite glitt.

Neugierig warf Lee einen Blick über seine Schulter. Dabei entkam sie seinem Griff und rutschte an ihm hinunter. *In Rikers Zimmer muss eine Kampfdrohne eingeschlagen haben!* Überall auf dem Boden verstreut lagen seine Anziehsachen, geöffnete oder noch geschlossene Pakete mit Hehlerware, Waffen und Munition. Der einzige Schrank stand weit offen, weil er

37

überquoll vor wild hineingestopften Dingen. Auf dem Schreibtisch stapelten sich zahllose Geräte und mehrere leere Flaschen, und die kleine Couchgarnitur, die um einen Monitor stand, der gerade einen brennenden Kamin simulierte, war nur noch zu erahnen. Rikers großes Bett war das einzige Möbelstück in diesem Zimmer, von dem das Chaos noch nicht Besitz ergriffen hatte, und darauf bahnte sich Lee ihren Weg zu. »Hier sollte mal jemand etwas Ordnung schaffen«, meinte sie so nebenbei, als sie über einen Raketenwerfer stieg.

Rikers Lust ebbte mit einem Schlag ab, denn das hatte Talila Troi auch immer zu ihm gesagt. Wahrscheinlich war seine Unordnung mit ein Grund gewesen, warum sie ihn verlassen hatte. Ständig hatte sie hinter ihm hergeräumt und sein ordentliches Chaos durcheinander gebracht. Hier hatte alles seinen Platz, auch wenn andere das nicht sahen.

Doch die Prinzessin überraschte ihn: »Nur gut, dass ich eine Prinzessin bin und kein Zimmermädchen!« Grinsend zog sie sich vor seinen Augen ihr Shirt aus und warf es achtlos in den Raum. Es landete in einer Kiste. Das Gleiche machte sie mit den eng anliegenden Hosen und den Stiefeln. Nur noch mit ihrer aufreizenden Unterwäsche bekleidet, hüpfte sie in sein Bett und verschwand unter der Decke.

Riker war erstaunt. Wieder ein dicker Pluspunkt! Lee war ganz anders als Talila, was bei ihm das Begehren erneut entflammte. Es hätte ihn eigentlich nicht überraschen sollen und doch tat es das. Jedes Mal, wenn er glaubte, jetzt alles über sie zu wissen, zeigte sie wieder eine neue Seite an sich, und er verliebte sich wieder von Neuem in sie.

Er trat durch die Tür, die sich sofort hinter ihm schloss, und warf den Taser zur Seite. Wie sehr er sie wollte!

»Wo bleibst du, Kuschelbär?«, kam ihre Stimme dumpf unter der Decke hervor.

Riker schlüpfte so schnell aus den Hosen, dass er fast hingefallen wäre.

»Ohne meinen Teddy kann ich nicht einschlafen«, neckte sie ihn, doch da war er schon bei ihr.

Ohne es zu bemerken, hatte sie unter den Laken heimlich ihre Unterwäsche abgelegt, und Chris war ebenfalls vollkommen nackt. Lee schmiegte ihren Körper an seine bloße Haut. Das war der Moment, von dem an er Talila Troi vollkommen aus seinen Gedanken verbannte. Jetzt gab es nur noch Lee. Sie war bei ihm, und nur das zählte. Er konnte sie riechen, schmecken, fühlen und nicht genug von ihr bekommen. Wie schön wäre es, wenn er so jeden Abend mit ihr verbringen könnte, bis an sein Lebensende! Er hatte genug Geld auf der Seite, um sich zur Ruhe zu setzen, sich irgendwo ein hübsches Haus zu kaufen und seinen Kindern beim Wachsen zuzusehen. Doch er war ein Gauner und sie eine Prinzessin. Daran ließ sich nichts än-

38

dern.

Beide dachten in etwa das Gleiche, und keiner traute es sich dem Anderen zu sagen. Wenn Männer und Frauen doch bloß miteinander reden würden, gäbe es viel mehr glücklichere Beziehungen. Doch die Evolution hatte das immer noch nicht begriffen.

Sie ist so wunderschön!, dachte sich Riker, als er Lees seidiges Haar aus dem Gesicht strich und ihren Mund mit sanften Küssen bedeckte.

Ihre Brustspitzen richteten sich auf, und als Riker über ihr Schlüsselbein fuhr und dann das Tal zwischen ihren Brüsten erkundete, war es, als hinterließen seine Finger eine Spur aus Feuer auf ihrer Haut. Unweigerlich musste Lee seufzen. Ihr starker Captain mit den rauen Handflächen konnte so wunderbar zärtlich sein! Seine Lippen glitten hinab zu ihren Brüsten, er umkreiste die aufgerichteten Knospen mit der Zunge, und umschloss sie schließlich mit dem Mund. Lee stockte der Atem. Ströme der Erregung durchfuhren ihren Körper und liefen zwischen ihren Schenkeln zusammen. »Nimm mich endlich oder ich zerspringe!«, stöhnte sie, wobei sie einladend ihre Beine öffnete.

Riker ließ sich natürlich kein zweites Mal bitten. Er packte Lee an den Hüften, damit er sie hochheben konnte. Stöhnend drang er in sie ein. Ganz langsam. Sie war so heiß und eng, und bei jedem Auf und Ab ihres Körpers wurde er von Wogen der Lust durchflutet. Er wusste, dass er sich nicht mehr lange würde beherrschen können.

Lee klammerte sich mit den Beinen fester an seinen Rücken, um sein Glied noch tiefer in sich aufzunehmen. Riker folgte ihr willig, und begann sich schneller in ihr zu bewegen. Laut stöhnend presste sie ihren Unterleib an ihn, und gemeinsam erlangten sie schon nach kurzer Zeit mit zitternden Körpern ihren Höhepunkt.

Riker legte die Arme um sie, damit er sich gemeinsam mit ihr auf den Rücken rollen konnte, ohne sich aus ihr zu lösen. Jetzt lag sie mit ihrem Kopf auf seiner Brust und lauschte entspannt den schnellen Schlägen seines Herzens. Da streckte er eine Hand aus, um auf zwei Knöpfe zu drücken, die sich an der Wand hinter dem Bett befanden. Als das Licht ausging, fuhr ein großer, rechteckiger Ausschnitt der Wandverkleidung nach oben.

Lee blickte fasziniert durch ein riesengroßes Panoramafenster hinaus ins All. »Oh Chris, das ist wunderschön!« Verträumt beobachtete sie die Milliarden funkelnder Sterne, die in der Schwärze des Alls glitzerten wie Diamanten, während sie langsam an ihnen vorbeizogen. Sie kuschelte sich noch fester an seine Brust und spürte, wie er die Decke über ihre Körper zog. *Ich wünschte, wir würden Tantuum City nie erreichen, und ich könnte für immer bei ihm bleiben*, waren ihre letzten Gedanken, als sie auf seiner Brust einschlief.

Doch der Captain lag noch lange wach. Er wollte jede Sekunde dieses wundervollen Moments genießen. Nie zuvor hatte eine Frau so gut zu ihm gepasst wie Lee, und sein Herz schmerzte bei der Vorstellung, dass sich ihre Wege bald für immer trennten. Und auf einmal war es ihm klar: Er liebte sie, wie er noch niemals zuvor jemanden geliebt hatte. Wenn sie ihn in Tantuum City verließ, würde sie sein Herz mit sich nehmen und ihn als kalte, seelenlose Hülle zurücklassen.

Als ihm nach mehreren Stunden endlich die Müdigkeit übermannte und ihm die Augen zufielen, und er sich ganz sicher war, dass Lee ihn nicht hören konnte, flüsterte er: »Ich liebe dich, meine kleine Prinzessin! Ich wünschte, du würdest das Gleiche für mich empfinden und für immer bei mir bleiben.« Verdammt, er hatte nicht das Recht sie zu lieben und Liebe von ihr zu erwarten. Seine Vergangenheit war finster und verworren, seine Gegenwart voller Gefahren und seine Zukunft sah auch nicht besser aus.

Die restlichen Tage vergingen wie im Flug und je näher sie Tantuum City kamen, desto übler wurde Rikers Laune. Er hatte Angst vor dem Abschied. Er fürchtete sich davor, seine Prinzessin nie mehr wiederzusehen.

Lee interpretierte sein Verhalten völlig falsch. Nach einer weiteren zügellosen Nacht hatte sie ihm gestanden, dass sie absolut kein Geld besäße, das sie ihm nach ihrer Ankunft geben könne. Er war nicht weiter darauf eingegangen, sondern hatte sie auf den Mund geküsst, um ihre Entschuldigungen darin einzuschließen. Lee war überglücklich gewesen und hatte so sehr gehofft, dass er sie bitten würde bei ihm zu bleiben. Aber das war nicht geschehen.

Doch schon am folgenden Morgen kam er ihr fast so schlecht gelaunt vor wie am Tag ihrer Begegnung. Es zerschnitt ihr das Herz, dass er sie anscheinend kein bisschen liebte. Begehren schon, das zeigte er ihr mindestens einmal täglich. Aber reines körperliches Verlangen machte noch lange keine Liebe aus. Obwohl sie sich unendlich nach ihrem Zottelbär verzehrte, brachte sie es einfach nicht über die Lippen, ihm das zu sagen – was ziemlich auf ihr Gemüt schlug.

So kam es, dass sie sich an ihrem letzten gemeinsamen Tag richtig in die Haare bekamen. Lee wollte dem Captain nur mitteilen, dass soeben ein Subraum-Relais seinen Geist aufgegeben hatte, weshalb sie es schnell austauschen gehe.

Da sprang Riker auf, riss ihr das Ersatzteil aus der Hand und meinte, das könne er auch selber machen. Wenn sie ihn verließ, musste er das ohnehin wieder eigenhändig erledigen oder Pussy dafür vorschicken, und der Gedanke daran machte ihn extrem hitzköpfig.

»Sauerkloss!«, rief ihm Leeta zornig hinterher. Es ärgerte sie maßlos, dass

40

er sie so behandelte. Wahrscheinlich war er froh, dass er bald wieder seine Ruhe hatte.

Wütend machte Riker kehrt, warf ihr den Chip vor die Füße, sodass er in mehrere Teile zersprang, und nannte sie eine »hysterische Hexe«.

»DU machst mich hysterisch«, schrie sie zurück, doch in Wahrheit verzehrte sie sich nach ihm. Mit seinen stahlgrauen Augen blickte er sie eindringlich an. Es war kein Gefühl darin zu erkennen. Lees Herz raste. Hatte er sie nur für seine sexuellen Fantasien benutzt? Sie kämpfte schwer gegen das Gefühl der Enttäuschung an, wobei sich ihre Augen mit Tränen füllten.

Rikers Atem stockte. Er wollte sie doch nicht verletzen, doch schon wieder hatte er es getan. Für einen kaum wahrnehmbaren Moment senkte er den Blick, als würde er sich schämen. Wie gerne würde er jetzt ihren Mund küssen, sie packen und in seine Kabine schleppen! Er konnte sich nur mit Mühe zurückhalten. Wenn er ihr doch sagen könnte, wie sehr er sie liebte!

Eine Träne löste sich aus Lees schwarzen Augen und lief an ihrer Wange hinunter. Es kam ihr vor wie in Zeitlupe, als er seine große Hand ausstreckte und ihr vorsichtig die feuchte Spur wegwischte. Seine zärtliche Berührung löste ein Gefühl aus, als müsse sie innerlich zerreißen. Sie ertrug diese Anspannung nicht mehr länger, drehte sich abrupt um und lief in ihre Kabine.

Sie ließ den völlig verwirrten und leidenden Captain alleine im Gang zurück. Und dann geschah, was sich kein richtiger Mann erlauben durfte: Er weinte.

Die Stunde des Abschieds war gekommen. Als der Frachter in Tantuum City landete, wartete Lee am Ausgang darauf, bis sich die Luke ganz geöffnet hatte, damit sie endlich von Chris wegkam.

Dieser stand schmollend ein paar Meter hinter ihr an der Wand gelehnt, mit verschränkten Armen und einem finsteren Ausdruck im Gesicht. Der Gedanke, Lee nie mehr wieder zu sehen, war so schmerzlich, dass es ihm die Kehle zuschnürte. Doch er ließ sich nichts anmerken.

Pussy wartete gespannt ab, was passieren würde. Sie wusste genau, wie es um die beiden bestellt war, weshalb sie nicht zulassen würde, dass sich ihre Wege trennten. Lee tat ihrem Captain gut, was sich auch in seinem Verhalten *ihr* gegenüber gezeigt hatte.

Endlich war die Treppe ausgefahren, doch Lee zögerte. Plötzlich drehte sie sich um und lief auf Riker zu. Ihr Gesicht war tränenüberströmt. Das versetzte ihm einen zusätzlichen Stich ins Herz.

Als sie ihm schluchzend um den Hals fiel, flüsterte sie in sein Ohr: »Ich liebe dich, Zottelbär. Bitte vergiss mich nicht. Du wirst mir unendlich fehlen!« Sie gab ihm einen schnellen Kuss, wobei Riker ihre salzigen Tränen schmeckte. Noch bevor er ihre zärtliche Berührung erwidern konnte, löste

41

sie sich wieder von ihm, um davonzulaufen.

Mit einem Satz war er bei ihr, hielt sie am Arm fest und zog sie an der Taille an seinen Körper. »Ich liebe dich doch auch, meine verruchte kleine Prinzessin. Hast du das nicht bemerkt? Bitte geh nicht!«, hauchte er in ihr Ohr, während er sie fest an sich gepresst hielt. Riker war überglücklich und unendlich erleichtert.

»Menschen!«, hörten sie den Gynaikoiden hinter sich seufzen, »Sie sind so kompliziert!«

Mehr nahmen sie nicht mehr wahr. Die Prinzessin und der Captain waren zu sehr mit sich und ihren Körpern beschäftigt.

»Warum hast du mir denn nicht schon früher gesagt, dass du mich liebst?«, brachte Riker nur mühsam unter ihren leidenschaftlichen Küssen hervor.

»Dasselbe könnte ich dich auch fragen«, erwiderte Leeta atemlos.

Pussy gab ein blechernes Hüsteln von sich. »Captain Riker! Darf ich Sie an Ihren Geschäftstermin erinnern!«

Doch er hörte sie nicht. Chris war so froh, dass Lee bei ihm blieb, und sein Herz vollkommen erfüllt von Liebe. Diese Frau würde er nie wieder gehen lassen! Erst als Pussy seine Schulter drückte, und das nicht gerade sanft, kehrte er wieder in die Realität zurück. Ja, er musste los. Sie waren schon viel zu spät. Noch immer hielt er Lee fest in den Armen, als er sie fragte: »Wirst du hier sein, wenn ich wiederkomme?«

»Natürlich werde ich, Zottelbär. Wo soll ich denn auch hin?« Und sie küsste noch einmal seine Lippen und sog seinen unwiderstehlichen Duft ein.

Riker trennte sich schweren Herzens von ihr, um mit Pussy das Schiff zu verlassen. Gemeinsam machten sie sich auf den Weg zum »Dark-Inn«, einer Spelunke, die im schäbigsten und kriminellsten Viertel von Tantuum City lag. Dort würden schon Haley und seine Männer auf sie warten, für die er bereits mehrmals Waffen geschmuggelt hatte.

Doch heute war Riker einfach nicht bei der Sache. Ein ungutes Gefühl breitete sich in seiner Magengegend aus, als sie durch die dunklen Gassen gingen. Wie die abgasverpestete Luft, die zwischen den Häusern herabsank, machten sich Nervosität und Anspannung in ihm breit. Es war nicht gut, Lee auf dem Schiff allein zu lassen. Einerseits hatte er Angst, sie würde vielleicht doch nicht auf ihn warten, andererseits trieb sich hier verdammt viel Gesindel rum, das keine Probleme haben würde in sein altes Schiff einzudringen.

Ich werde mich beeilen.

Lee hingegen hatte beschlossen, sich in Rikers Bett zu kuscheln, seinen unverkennbaren Duft einzusaugen, den die Laken verströmten, und so lange zu schlafen, bis er wieder zurückkam. Denn in der letzten Nacht hatte sie

42

kein Auge zugetan, weshalb sie sich mit einem Mal unendlich müde fühlte, aber dafür vollkommen erfüllt von Glück. Sofort fiel sie in einen traumlosen Schlaf und erwachte erst, als sie hörte, wie hinter ihr die Tür zu Rikers Kabine aufging. Noch vor sich hindämmernd, wartete sie darauf, dass er sich zu ihr unter die Decke kuscheln würde.

Als sich eine kalte, knochige Hand auf ihren Mund legte und sich etwas Hartes in ihren Rücken bohrte, war sie plötzlich hellwach. Panisch drehte sie den Kopf herum und blickte direkt in das hagere Gesicht mit der Hakennase: Es war Fürst Malamiko! Leeta war es, als müsse sie gleich sterben.

Der Mann mit der grobporigen Haut hielt ihr überheblich grinsend den Lauf einer Waffe mitten ins Gesicht, wobei er schiefe Zähne entblößte. »Habe ich dich endlich gefunden, du süße kleine Ausreißerin! Du hast deinem zukünftigen Gemahl schreckliche Sorgen bereitet!« Falsch lächelte er sie an.

Lee stockte der Atem und ihr Herz setzte einen Schlag aus. Ihr größter Albtraum war soeben Wirklichkeit geworden. Hoffentlich träumte sie das alles nur. Doch als der Fürst mit seinen kalten Händen an ihre Kehle rutschte und zudrückte, wusste sie, dass sie tatsächlich wach war.

»Du kleine Schlampe! Ich bin wirklich ungehalten. Dir ist doch bestimmt bewusst, dass ich dich für dein schändliches Verhalten bestrafen muss! Verschenkst deine Unschuld einfach an einen Taugenichts! Dieses Vergnügen hätte *mir* zugestanden!« Er drückte noch etwas fester zu.

Lee glaubte zu ersticken. Wie hatte er sie nur finden können? »Bitte …«, röchelte sie.

»Winsle nur, du undankbares Geschöpf! Du hast uns alle sehr enttäuscht: dein Volk, mein Volk, deine Eltern … und ganz besonders *mich*! Deswegen denke ich, du solltest deine Schande bei *mir* zuerst gutmachen!« Er nahm seine Hand von ihrer Kehle, damit er ihr mit seiner widerlich stinkenden Zunge über das Gesicht lecken konnte.

Lee befürchtete, sich gleich übergeben zu müssen. *Wo ist bloß Riker? Wie lange habe ich überhaupt geschlafen? Was ist, wenn Malamiko ihn schon umgebracht hat?* Lee schüttelte diesen furchtbaren Gedanken sofort wieder ab. Chris war sicher schon wieder auf dem Weg zum Schiff. Er *musste* es einfach sein! Doch solange sie mit diesem ekelhaften Mann hier alleine war, musste sie sich selber helfen.

In einer plötzlichen Bewegung schnellte ihr Kopf nach oben. Malamiko hatte nicht mit einem Angriff gerechnet, und so traf Lee mit ihrer Stirn seine verbogene Nase, die mit einem hölzernen Knacken brach. Der Fürst schrie auf, stürzte zurück, sich die blutende Nase haltend, und stolperte über die chaotisch verstreuten Sachen des Captains. Fluchend blieb er auf dem Rücken liegen und Lee nutzte die wenigen Sekunden, die er außer Gefecht gesetzt war, sprang aus dem Bett und rannte an ihm vorbei auf die Tür zu.

Als sie gerade auf den Gang laufen wollte, drückte der Fürst den Knopf an seiner Waffe. Ein elektronischer Impuls traf Leeta zwischen die Schulterblätter, und sofort stürzte ihr gelähmter Körper auf den Boden.

Da lag sie nun mit schmerzverzerrtem Gesicht in der offenen Türe und konnte sich nicht bewegen. Durch den harten Aufprall des Sturzes, den sie nicht hatte abfangen können, schmerzte ihre Schulter furchtbar, weshalb sie erst glaubte, ihr Arm wäre gebrochen. Sie wusste, noch ein weiterer Impuls aus dieser Waffe, und ihre Atmung würde aussetzen. Sie hatte jetzt schon große Probleme, genug Luft zu bekommen. Jeder einzelne Nerv in ihrem Körper kribbelte unangenehm. Doch ihr Gehör funktionierte noch ausgezeichnet, weshalb sie mitbekam, wie Malamiko sich hinter ihr aufraffte und auf sie zuschlurfte.

»Du dreckige Hure!«, schrie er, als er ihren reglosen Körper packte und sie auf den Rücken drehte, damit Lee sein zorniges Gesicht sehen konnte. »Das machst du nicht noch einmal mit deinem Ehemann!« Er kniete sich zu ihr auf den Boden und drückte mit einer Hand auf die Stelle zwischen ihren Beinen. »Ich werde dir schon noch Respekt beibringen!«

Lee wollte aufschreien, sich wehren – doch sie konnte nicht. Nun war sie ihm hilflos ausgeliefert!

»Es wird Zeit, mein Schatz! Jetzt bringe ich dich nach Hause, bevor dein törichter Freund zurückkommt. Er war doch glatt so freundlich und hat die Daten seines Logbuches nicht verschlüsselt. Es war so einfach, dich zu finden! Fast so, als wollte er dich loshaben!«, scherzte er böse und packte ihre langen Haare, die sie heute zu einem dicken Zopf geflochten trug. Daran zerrte er sie Richtung Ausgang.

Lee hatte das Gefühl, ihre Kopfhaut könne jeden Augenblick reißen, so unerträglich waren die Schmerzen. Ihr Körper kribbelte. Nur sehr langsam kam das Leben in die Glieder zurück.

Plötzlich hielt Malamiko inne, ließ den Zopf fallen, rannte an ihr vorbei und verschwand um die Ecke. Und Leeta wusste auch gleich warum: Sie hörte, wie jemand ihren Namen rief. *Riker ist zurückgekommen!* Und der grauenhafte Fürst wartete schon darauf, ihn zu töten. Lee, unfähig ihn zu warnen, wusste, dies war das Ende.

»Lee!«, rief Riker atemlos, als er die *Lightning* betrat. Warum stand die Luke offen? War sie vielleicht doch gegangen? Ihm versetzte es einen Stich ins Herz.

Er hatte beschlossen, dass Pussy sich um die Geschäfte alleine kümmern konnte, und war den weiten Weg durch die Stadt zurück zum Schiff gelaufen. Die ganze Zeit hatte er schon so ein komisches Gefühl gehabt, und wie es schien, stimmte hier wirklich etwas nicht! Er zog seine Waffe aus dem

44

Halfter, lief durch die Gänge, durchsuchte jeden Raum, immer wieder ihren Namen rufend. *Wo ist sie nur? Warum antwortet sie nicht?*

Gerade, als er wieder kehrt machen wollte, um draußen nach ihr zu suchen, sah er sie wenige Meter vor sich auf dem Boden liegen. Sie blickte ihn mit weit aufgerissenen Augen an, doch sie bewegte sich keinen Millimeter. *Was ist passiert? Ist sie tot? Bitte nicht!*

»Lee!«, rief er verzweifelt, als er auf sie zurannte. Doch da sah er es: ein kurzes Zucken ihrer Lider, eine schwache Bewegung ihrer Augen nach links – und er begriff!

Malamiko wartete in einer dunklen Nische auf den Captain. Heute schien sein Glückstag zu sein! Sobald dieser Trottel bei seiner untreuen Braut war, würde er ihn aus dem Hinterhalt erschießen. Der Fürst hatte leichtes Spiel mit diesem verliebten Gockel, denn die gelähmte Prinzessin würde ihn sicher erst mal ablenken. Der Captain war anscheinend auch allein; sein Roboter war weder zu sehen noch zu hören! Nur noch wenige Schritte trennten Lees Liebhaber von dem Tod.

Wie vom Teufel besessen sprang Riker um die Ecke, wobei er zeitgleich einen Schuss in die dunkle Nische abfeuerte. Sofort brach Malamiko fluchend auf dem Boden zusammen. Riker hatte seinen Oberschenkel mit einem Laserstrahl durchbohrt, doch gleich raffte sich der Fürst wieder auf und zielte mit seiner Impulswaffe auf Lees Kopf.

»Du kleine Schlange!«, zischte er sie boshaft an, weil er mitbekommen hatte, wie sie ihren Liebhaber gewarnt hatte. Und zum Captain gewand sagte er: »Sie wissen was passiert, mein Freund, wenn ich dieser kleinen Schwanzlutscherin noch eine Ladung verpasse?«

Rikers Augen funkelten wütend. »Ich bin nicht Ihr *Freund*, Malamiko! Und wenn Sie noch einmal so abwertend über meine Frau sprechen, dann puste ich Ihnen die Reste Ihres verkümmerten Hirns weg!«

Leeta, die sich immer noch nicht bewegen konnte und Todesängste ausstand, wurde es trotzdem warm ums Herz, weil Riker sie als *seine Frau* bezeichnet hatte. Wenn sie das hier überleben würden, konnte sie sich nichts Schöneres vorstellen, als wirklich seine Frau zu werden.

»Ihre Frau! Dass ich nicht lache! Hat Ihnen wohl verschwiegen, dass sie mir versprochen ist? Suchen Sie sich eine von Ihrem Schlag, Captain. Am besten so ein billiges Flittchen! Und jetzt gehen Sie mir aus dem Weg, damit ich meine untreue Verlobte nach Hause bringen kann!« Der Fürst grinste maliziös, doch Riker blieb ganz ruhig. Aber in seinem Inneren tobte die Furcht wie ein alles vernichtender Meteoritenschauer. Wenn er Lee nicht retten konnte, wäre sein Leben nichts mehr wert.

»Sie werden mein Schiff nicht lebend verlassen, das schwöre ich Ihnen,

Malamiko!« Rikers Stimme bebte. Er war wütend. Aber nicht nur auf Malamiko, sondern vor allem auf sich selbst. Er hätte Lee nicht alleine lassen sollen. Was hatte der Fürst ihr schon angetan? Sie hatte sich auf jeden Fall gewehrt, wie er an seiner blutenden Nase feststellen konnte.

»Und was gedenken Sie dagegen zu tun? Wenn Sie mich erschießen, drücke ich ab, und dann müssen Sie sich *auch* ein neues Liebchen suchen. Egal, wie Sie sich entscheiden, das Ende ist immer das Gleiche! Sie wird niemals Ihnen gehören!« Malamiko grinste böse. Er war sich seines Sieges so sicher, aber nur, weil er Riker nicht kannte. Er wusste nicht, dass der Captain sich nicht davor scheuen würde, ein weiteres Mal auf den Fürsten zu schießen. Das wäre nicht sein erster Mord. Rikers Weg war von Leichen gepflastert.

»Sie werden nicht mehr in der Lage sein abzudrücken, wenn ich Ihnen zuvor den Hals wegpuste. Ihr zerfetztes Rückenmark wird Ihren Befehl nicht mehr an Ihre Hand schicken können! Glauben Sie mir, ich spreche aus Erfahrung! Sie haben keine Chance, Mann!« In Rikers Augen glitzerte die Mordlust. Jetzt sah Lee zum ersten Mal sein wahres Ich: Riker, den Kämpfer, Schmuggler und Kopfgeldjäger.

Malamiko würde den Kürzeren ziehen, egal wie es ausging. Würde Lee dann noch bei ihm bleiben wollen, wenn sie sah, was für ein eiskalter Killer er war? Doch darüber durfte er sich jetzt nicht den Kopf zerbrechen. Nichts durfte seine Konzentration stören.

Malamikos schäbiges Grinsen verblasste und sein Finger zitterte am Abzug, als er in Rikers Gesicht blickte. Die Prinzessin brauchte er noch, aber den Captain musste er aus dem Weg schaffen. Er schien ein wahrhaft gefährlicher Gegner zu sein. Wie der Blitz schwenkte er den Lauf der Waffe auf Riker, doch noch bevor er abdrücken konnte, klaffte ein qualmendes Loch in seiner Stirn und Malamiko brach tot über Lee zusammen.

Riker stürzte zu ihr, riss den leblosen Körper von ihr herunter und zog sie in seine Arme. »Oh Gott, Lee. Ich hätte dich nie allein lassen sollen!« Eine Träne löste sich aus seinem Augenwinkel, wobei er so unglücklich und traurig aussah, dass es ihr im Herzen schmerzte. Wie gerne hätte sie jetzt über seine stoppelige Wange gestreichelt, doch sie konnte ihre Glieder immer noch nicht bewegen.

»Chris …« Es war nicht mehr als ein Hauch, doch Riker hatte sie gehört.

»Lee … Was hat er mit dir gemacht? Hat er dich …?« Riker hielt sie so fest, dass ihr fast die Luft wegblieb.

»Es geht mir gut. Ich bin so froh, dass du lebst! Ich dachte schon, jetzt ist alles aus!«, flüsterte sie, während sich auch ihre Augen mit Tränen füllten.

»Vielleicht wäre das besser gewesen …« Riker senkte den Blick.

»Wie kannst du nur so etwas sagen?«

46

»Ich bin kein guter Mensch, Lee. Wenn du wüsstest, was …«

»Psst … Sag nichts. Ich liebe dich, Christopher Riker, daran kann selbst deine dunkle Vergangenheit nichts ändern.« Ihre Hand zuckte. Langsam bekam sie wieder Gewalt über ihren Körper.

»Wenn du sie kennen würdest, wahrscheinlich schon.«

Leeta lächelte verschmitzt. »Ich kenne sie.«

Seine Brauen hoben sich. »Was? Aber wie …«

»Ich habe Lady Yar ausgequetscht! Sie hat mir alles erzählt.« Sie blickte ihn aus großen Augen an, während sie auf ein Donnerwetter wartete.

»PUSSY!« Rikers Augen verdunkelten sich kurz. »Und da bist du trotzdem bei mir geblieben?«

»Ja, mein Schatz, weil ich den wahren Riker kennengelernt habe. So wie du wirklich bist, ganz tief in deinem Herzen. Du bist ein ganz wundervoller Mann!«

Riker sah sie perplex an.

»Jetzt kommt die Stelle, an der du mich küssen musst!«, scherzte sie. »Ich würde es, wenn ich könnte.«

Da musste auch Riker lächeln. Er zog ihren Kopf an seine Lippen und bedeckte ihr ganzes Gesicht mit Küssen. »Womit habe ich dich bloß verdient? Ich liebe dich!«

»Ich liebe dich auch, mein Zottelbär!«

»Was ist denn hier passiert?«, kreischte auf einmal eine Stimme über ihnen. Es war der Gynaikoid.

Riker sprang auf, ohne Lee aus seinem Griff zu entlassen. »Pussy! Mit dir hab ich noch ein Hühnchen zu rupfen!« Doch er klang nicht besonders überzeugend.

»Lass Pussy in Ruhe!« Als das Wort *Pussy* aus Leetas Mund kam, starrten Riker und sein Roboter die Prinzessin mit offenem Mund an. »Wir sollten lieber Malamiko verschwinden lassen, bevor wir noch mehr Ärger am Hals haben.« Lees Erstarrung hatte sich so weit gelöst, dass sie wieder selbst auf ihren Beinen stehen konnte.

»Du überraschst mich immer wieder, Prinzessin!« Riker und Pussy blickten verblüfft.

»Ich bin weniger Prinzessin, als du denkst. Auch ich habe meine dunklen Geheimnisse!« Sie grinste ihn so unwiderstehlich an, dass er sie sofort wieder küssen musste. Der tote Mann zu ihren Füßen schien sie dabei nicht zu stören. »Ich habe Stanley getötet.«

Riker drückte sie ein Stück von sich weg, damit er sie mit zusammengekniffenen Augen mustern konnte. »Wer war Stanley?«, fragte er ernst.

»Mein Goldfisch!«, prustete Lee heraus und hielt sich den Bauch vor Lachen. Auch Riker grinste. Er liebte sie über alles!

»Es war ein Versehen!«, rechtfertigte sie sich.

Doch sofort wurden beide wieder ernst, als sie auf den toten Fürsten blickten.

»Pussy, bring Malamiko in sein Schiff. Um alles andere kümmere ich mich!«

Pussy und Riker hatten den toten Körper in eine Frachtbox gequetscht, die der Roboter dann mit Hilfe einer Schwebetrage in Malamikos Raumgleiter geschoben hatte, der zwei Docks weiter geparkt war. Riker hatte sich währenddessen darum gekümmert, dass Haley seine Waffenlieferung bekam.

Unter all dem Gesindel in dieser Stadt hatte es keinen interessiert, was ein Roboter an einem fremden Schiff zu suchen hatte. Und als Pussy wieder an Bord der *Lightning* war und Riker sein Schiff über Malamikos Gleiter flog, damit sie ihn mit Hilfe des Fangstrahls an der Außenseite des Frachters mitführen konnten, hatte nicht eine Menschenseele zu ihnen aufgeblickt.

Jetzt flogen sie durch das dunkle All, mit einem fremden Raumgleiter im Schlepptau, und steuerten auf das nächste schwarze Loch in dieser Galaxie zu. Lee stand an Deck und starrte durch die große Frontscheibe.

»Ich habe noch nie ein schwarzes Loch aus der Nähe gesehen!« Sie blickte fasziniert auf eine spiralförmige Scheibe, in deren Mitte absolute Schwärze herrschte.

»So nah sind wir gar nicht«, erklärte ihr Pussy, die neben ihr stand. »Wir sind noch mehrere 1000 Kilometer von der Akkretionsscheibe entfernt.«

»Warum ist es dort drinnen so dunkel?«, fragte sie den Roboter interessiert.

»Die Anziehungskraft eines schwarzen Loches ist so hoch, dass nicht einmal das Licht daraus entweichen kann. Deswegen dürfen wir uns nicht so nah an den Ereignishorizont wagen, sonst werden wir unausweichlich dort hineingezogen.«

»Hier lassen wir also Malamiko verschwinden …« Lee schüttelte sich, während sie auf die leuchtende, rotierende Scheibe aus Gas und Staub starrte. Doch der Mistkerl hatte kein besseres Grab verdient.

»Es ist so weit«, drang plötzlich Rikers Stimme von hinten an ihr Ohr.

Lee blickte sich zu ihm um und sah, wie er auf den Knopf drücken wollte, der den Fangstrahl deaktivierte. »Halt!«, schrie sie, bevor sie zu ihm eilte.

»Was ist los? Hast du auf einmal Gewissensbisse?« Unsicher sah er sie an.

»Nein. Ich will es nur selber tun!« Noch während sie sprach, drückte sie auf den Knopf. Sofort blickten alle drei aus dem großen Fenster, an dem Malamikos Gleiter vorbeischwebte, direkt auf das schwarze Loch zu.

Riker war abermals überrascht von Lee. »Aus dir wird noch mal eine

48

richtige Piratenbraut!«

Lange blickte sie ihm in die Augen, bevor sie hauchte: »Ja, das wäre schön!«

Sofort zog er sie in seine Arme. »Willst du mich heiraten, Prinzessin?«

Lee fiel ihm um den Hals, warf ihren Kopf in den Nacken und schluchzte: »Nichts lieber als das, Zottelbär!«

Riker hob sie nach oben, drückte sie fest an seinen Körper und gab ihr einen langen, leidenschaftlichen Kuss. »Ich liebe dich!«

»Hm … hm … ich will euch ja nur ungern unterbrechen, aber ihr verpasst sonst den Höhepunkt der Show!«

Chris und Lee gesellten sich zu Pussy an das Fenster und erblickten gerade noch, wie die enorme Anziehungskraft Malamikos Schiff in mehrere Teile zerlegte, die mit rasender Geschwindigkeit immer näher zum Zentrum des schwarzen Lochs gezogen wurden.

Bye, bye Vergangenheit!, dachte Lee.

»Jetzt sollten wir aber schleunigst von hier verschwinden, bevor uns noch das gleiche Schicksal ereilt.« Pussy drehte sich zu Riker um. »So Captain, und wie sieht unser neuer Auftrag aus?«

»Keine neuen Aufträge in nächster Zeit. Jetzt wird erst mal Hochzeit gefeiert!«, rief Riker fröhlich, während er mit Lee auf dem Arm über das Deck wirbelte.

Pussy hatte ihren Captain noch nie so glücklich und ausgelassen gesehen, weshalb sie sich unweigerlich mit ihm freuen musste. Sie stimmte den Hochzeitsmarsch an, doch als ihr Riker einen zynischen Blick zuwarf, stellte sie die Musik sofort wieder ab.

»Wo willst du heiraten, mein Schatz. Planet *Paradise*?«, fragte er Lee.

»Das wäre fantastisch!«, rief sie erfreut aus. »Aber wir brauchen doch mindestens sechs Tage, bis wir wieder dort sind, oder?«

»Ich werde meiner verruchten Prinzessin die lange Wartezeit so angenehm wie möglich gestalten!« Und mit Lee auf den Armen lief er in seine Kabine und der Roboter sollte sie die nächsten Tage kaum zu Gesicht bekommen.

Pussy blieb allein auf dem Kommando-Deck zurück. Sie programmierte die neue Flugroute in den Bordcomputer und legte anschließend die Beine auf die Steuerkonsole, genauso wie Riker es sonst immer machte. Dann aktivierte sie ihren Lyrik-Chip, um sich die nächsten Stunden dichtend die Zeit zu vertreiben.

>»Die Liebe ist eine seltsame Kraft.
>Sie bringt Leiden und auch Leidenschaft.
>Doch wenn sich zwei Menschen wirklich lieben,
>Wird Liebe alle Hindernisse besiegen«

reimte sie und war froh, dass Riker die Liebe endlich wieder gefunden hatte.

Kriegerherzen

Im Jahre 563, nach der Gründung des Neuen Unabhängigen Reiches, war in der Heros-Galaxie ein andorrianisches Frachtschiff auf dem Weg zu einem geheimen Außenposten auf dem Keopis-Mond.

Seit mehreren Jahrzehnten herrschte nun schon Krieg zwischen den Andorrianern und den Menäern, und ein Ende der Schlacht schien noch in weiter Ferne. Colonel Jack Riley war von seiner Regierung beauftragt worden, die andorrianischen Krieger, die auf dem Mond stationiert waren und von dort aus einen Überraschungsangriff planten, mit Waffen und Lebensmitteln zu versorgen. Er wusste nicht, dass ihn schon seit einiger Zeit ein getarnter menäischer Abfangjäger durch das Dunkel des Weltalls verfolgte, der nur darauf wartete, in eine günstige Position zu kommen, um das Frachtschiff abzuschießen.

An Bord des Zweisitzers schimpfte Leutnant Kirah: »So, ihr verdammten Andorrianer, ich werde euch schon zeigen, wer hier der Stärkere ist!«, und drückte auf den Feuerknopf.

Rileys Schiff hatte von der letzten Schlacht schon einige leichtere Schäden davongetragen, doch dieser Schuss traf genau das rechte Triebwerk, was den Frachter nun vollkommen manövrierunfähig machte. Mit hoher Geschwindigkeit raste er auf einen nahe gelegenen Planeten zu, von dessen Schwerkraft er unweigerlich angezogen wurde.

»Verflixte menäeische Feiglinge! Aber wenn ich schon draufgehe, dann nehme ich euch Mistkerle mit in den Tod!«, fluchte er und aktivierte den Fangstrahl, mit dem sonst nur flugunfähige Schiffe außerhalb des Frachters mitgeführt wurden.

Riley hätte nie damit gerechnet, dass sein Leben nach fünfunddreißig Jahren so ein bescheidenes Ende nahm. »Verfluchter Krieg!«, motzte er.

Kirah befand sich mit dem kleinen Gleiter zu nah am andorrianischen Schiff, um dem Strahl zu entwischen, und wurde nun ebenfalls auf den kleinen Planeten mitgerissen. »Shit! Gottverdammte Maden!«, schrie der Leutnant wütend, als beide Schiffe rotglühend durch die Atmosphäre donnerten.

»Aufprall in zwanzig Sekunden«, meldete der Bordcomputer des Frachters. »Bremstriebwerke auf vollem Schub!«

Kurz bevor der kleine Abfangjäger auf der grünen Oberfläche des Planeten aufschlug, betätigte Kirah den Schleudersitz, worauf dieser mit dem Fallschirm unsanft in einem Gebüsch landete. »Ziemlich viel Grünzeug hier, aber wenigstens gibt es genug Sauerstoff um zu überleben«, dachte sich der Leutnant und checkte, ob sich die zwei Handfeuerwaffen noch am Körper-

50

panzer befanden.

Der Colonel hatte den großen Frachter zwar noch abbremsen können, doch die Wucht des Aufschlages war einfach zu stark gewesen. *Dieses Schiff wird niemals mehr fliegen*, dachte er unglücklich.

Nachdem er sich abgeschnallt hatte, verließ er den Frachter, um nach dem Gleiter zu sehen, der etwa hundert Meter hinter ihm eingeschlagen war. Es war nicht mehr als ein rauchender Trümmerhaufen von ihm übrig geblieben. Wer auch immer in diesem Ding gesessen hatte, war mit sehr hoher Wahrscheinlichkeit nur noch Mus. Schulterzuckend ging er wieder zurück.

Doch Leutnant Kirah war lebendiger, als Colonel Riley dachte. Aber das bemerkte er erst, als ein Laserstrahl seinen linken Oberarm streifte. Während Kirah weiterhin auf Riley feuerte, ihn jedoch jedes Mal knapp verfehlte, lief er wieder zum Schiff und verschloss die Luke.

Durch das Fenster sah er eine schwarze Gestalt, vollkommen bedeckt mit Körperschutzschilden, das Gesicht hinter einem glänzenden Visier verborgen. »Verdammte Feiglinge«, murmelte er und begutachtete seinen verletzten Arm. »Aus dem Hinterhalt angreifen ist wohl eure Spezialität. Aber wartet nur, bis sich unsere Truppen neu formiert haben!«

Nachdem er die Wunde versorgt hatte, schnappte sich Riley eine kleine Handwaffe sowie den Biometrischen Sensor, und öffnete die Ladeluke. Der Lebenszeichendetektor – ein flacher Bildschirm, der genau in seine Handfläche passte – zeigte nur ein weiteres menschliches Wesen im Umkreis von dreihundert Kilometern an. Das konnte nur der Feind sein! Ansonsten schienen auf diesem bewaldeten Planeten, von dem er nicht einmal den Namen kannte, nur primitive Lebensformen zu existieren. Der Detektor stellte sie als schwache blaue Punkte dar, die sich allerdings immer weiter von ihm entfernten. Die enorme Erschütterung des Einschlags hatte die Tiere wohl verschreckt.

Der leuchtend rote Punkt, der sein Feind war, vergrößerte den Abstand ebenfalls, was Riley gerade sehr gelegen kam. Denn bevor er sich um den Menäer kümmern konnte, musste er zuerst seinen Leuten mitteilen, was passiert war. Doch seine Versuche, einen Hilferuf abzusetzen, waren vergeblich – der Funkkontakt war abgerissen.

Der Biometrische Sensor zeigte an, dass sich der Feind immer weiter in die dichten Wälder zurückzog. Riley beschloss daraufhin, diesem Schweinehund zu folgen, um ihn zu töten.

Seine Stimmung war düsterer als das Dickicht, das er durchquerte. Zu gerne hätte er auch eine Panzerung am Körper getragen, anstatt der zivilen Kleidung. Aber da er jemand war, der sich in seinen schwarzen Cargo-Hosen und einem bequemen Shirt viel wohler fühlte, musste ihm der Sensor hier den entscheidenden Vorteil verschaffen.

Am Ufer eines großen Sees währe er beinahe über die abgelegten Körperschilde des Menäers gestolpert. Blitzschnell duckte er sich und warf einen Blick auf den Detektor. Doch der rote Punkt war verschwunden.

»Verflucht, wo bist du?«, murmelte Riley, während er sich umsah. Neben den Schutzschilden lagen Kleidungsstücke, die Riley nicht weiter beachtete, da der Feind doch glatt so leichtsinnig gewesen war, seine zwei Laserpistolen darauf abzulegen. Grinsend schnappte er sich die Waffen und ging hinter ein paar Büschen in Deckung, den Blick auf das Wasser gerichtet. Wenn dieser Mistkerl auftauchte, würde er ihn auf der Stelle abknallen. *Was muss das nur für ein eitler Kerl sein, der mitten im Krieg auf die Idee kommt, ein Bad zu nehmen!*

Jetzt wusste der Colonel auch, warum der Detektor nicht anschlug, denn er zeichnete die Wärme von Körpern auf. Der Feind befand sich demnach wahrscheinlich auf Tauchstation.

Nachdem Riley eine Gestalt wahrnahm, die sich einige Meter entfernt aus dem Wasser erhob, entsicherte er den Blaster und wollte gerade abdrücken, als er glaubte, er könne seinen Augen nicht trauen: Die Person, die da vollkommen nackt aus dem See spazierte, hatte schwarzes Haar, das fast bis zu den großen Brüsten reichte, sinnliche Lippen und definitiv keinen Penis zwischen den Beinen! Der Feind war eine gottverdammte Frau! Und eine ziemlich gut aussehende noch dazu! Riley verspürte ein plötzliches Kribbeln in seinen Lenden.

Wenn sie keine verfluchte Menäerin wäre, könnte ich mich glatt in sie verlieben, dachte er sich, während er den Finger vom Abzug nahm. *Himmel, welch selten schönes Exemplar weiblicher Physis. Was für eine Verschwendung bei einer Menäerin!*

Er wartete, bis die Frau ihren viel zu knappen Slip und den BH angezogen hatte, als dieser plötzlich auffiel, dass ihre Waffen verschwunden waren. Erschrocken blickte sie auf, wobei sie im selben Moment den Lauf von Rileys Blaster im Rücken spürte. Wie angewurzelt blieben beide eine Weile stehen. Irgendetwas hielt Riley davon ab, dieses Prachtweib zu erschießen.

»Warum drückst du nicht endlich ab, Blödmann, oder fehlt dir der Mumm, eine Frau zu killen?«, spottete Leutnant Alija Kirah, als sie sich mit erhobenen Händen umdrehte. *Wow, für einen andorrianischen Loser sieht er nicht schlecht aus*, waren ihre ersten Gedanken, während sie ihr Gegenüber von oben bis unten musterte. Die dunkelgrünen Augen, die durch die verzottelten braunen Haare hindurchstrahlten, waren hübsch, aber nicht außergewöhnlich. Seine Lippen würden gut zu ihren passen und die Nase war ebenfalls ganz passabel – gerade und gleichmäßig, allerdings ein klein wenig zu groß. Aber Alija wusste, was man über Männer mit großen Nasen sagte, worauf sie unweigerlich schmunzeln musste.

52

Sein Körper wirkte muskulös und gut durchtrainiert. Das erkannte sie daran, wie sich sein Shirt über die breiten Schultern spannte. Es gab kein einziges Detail an ihm, das sie wirklich umwerfend gefunden hätte, aber alles zusammen machte ihn zu einem sehr attraktiven Typen. Doch er war der Feind, das durfte sie nicht vergessen, deshalb nutzte sie sein Zögern aus, um ihm mit einem gezielten Hieb die Waffe aus der Hand zu schlagen.

Riley, der geblendet durch die Schönheit seiner Feindin erst handlungsunfähig vor ihr gestanden hatte, erwachte aus seinem Koma, worauf er ihr mit den Einsatzstiefeln einen gezielten Tritt in den Bauch versetzte. Alija flog zwei Meter nach hinten und schlug unglücklich mit dem Hinterkopf auf einem am Boden liegenden Stein auf. Sie war sofort bewusstlos.

Der Colonel holte seinen Blaster aus dem Gras, näherte sich der Frau vorsichtig und bückte sich mit gezogener Waffe zu ihr hinunter. Als er das Blut sah, das durch ihr feuchtes Haar sickerte, meinte er: »Schade um so ein hübsches Mädchen wie dich.« *Verdammt schade.*

Einen Moment starrte er auf den spärlich bekleideten Körper, wobei er noch einmal ihre perfekten Formen bewunderte. *Himmel, sieht sie gut aus!* Nein, sie sah sogar besser als gut aus! Doch sie war unberechenbar wie ein Meteoritenschauer und genauso gefährlich. Sollte er sie hier einfach liegen lassen? Oder mit zum Schiff nehmen? *Sie ist unbewaffnet, was soll sie mir also noch großartig antun können?* Doch sie war der Feind! Sollten sie die wilden Tiere holen!

Riley atmete tief durch. Er musste hier sofort weg, bevor er der unwiderstehlichen Verlockung ihres verführerischen Körpers nicht mehr entkam.

Gerade wollte er sich wieder auf den Rückweg machen, als er ein leises Stöhnen aus ihrem Mund vernahm. Das aktivierte den Beschützerinstinkt in ihm. Nein, er konnte diese wehrlose Frau nicht einfach hier liegen lassen! Feind hin oder her! Also zog er sie an den Armen nach oben und legte ihren Körper über seine linke Schulter. Die Schusswunde schmerzte dabei furchtbar. Das würde er diesem Biest noch heimzahlen!

»Scharfer Hintern!«, murmelte er, während er sie an den glatten Oberschenkeln festhielt. *Wirklich schade, dass sie der falschen Seite angehört.*

Er schleppte die Kriegerin in sein Raumschiff, wo er sie in der Schlafkoje ablegte. Auf ihre Brust, knapp unterhalb des BHs, und ihre Schläfe, klebte er drei Rescue-Pads, dann ließ er die Daten von einem kleinen Computer auswerten: keine Gehirnblutung, bloß eine sehr starke Gehirnerschütterung.

»Na da hast du aber noch mal Glück gehabt, Süße«, brummte er, entfernte die Pads und versorgte ihre Platzwunde, indem er sie mit einem Laser verschweißte. Dabei stieg der hornige Geruch verbrannten Haares in kleinen Rauchschwaden von der noch feuchten Kopfhaut auf.

Anschließend band er ihre Arme und Beine an je einer Ecke des Bettes fest, sodass ihr ausgestreckter Körper ein X bildete. »Sicher ist sicher«, meinte Riley, als er den Frachter verließ, um ihre restlichen Anziehsachen zu holen, die er am See zurückgelassen hatte. Denn wenn sie nicht bald wieder in ihren Klamotten steckte, würde er sich nicht mehr lange beherrschen können und sie einfach nehmen. Allein ihr Anblick reichte aus, dass sich sein Schwanz aufrichtete.

Alija erwachte ein paar Minuten später mit fürchterlichen Kopfschmerzen und wusste sofort, wo sie sich befand: *Das sexy Arschloch hat mich in sein Schiff geschleppt!* Ihr passte es gar nicht, dass er sie gefesselt hatte. Jetzt war sie ihrem Feind hilflos ausgeliefert! *Was hat er mit mir vor?*

Als sie Schritte hörte, schloss sie schnell wieder die Augen. Während sich der Mann über sie beugte, roch Alija den erregenden Duft, den er aus jeder Pore zu verströmen schien. In ihrem Magen kribbelte es. *Was will er? Mich foltern oder vergewaltigen?* Stattdessen drehte er vorsichtig ihren Kopf zur Seite, um etwas Kaltes auf die Wunde zu schmieren. Seine Hände fühlten sich stark und dennoch sanft an.

Da öffnete sie die Augen. »Was soll das werden, Mistkröte? Pflegst du mich erst gesund und bringst mich dann um?«

»Guten Morgen, Dornröschen. Auch schon wach?«, antwortete Riley ruhig und setzte sich neben sie auf das Bett. »Ich werde dich nicht töten.«

»Was willst du dann? Mich ficken? Noch ein bisschen Spaß haben, bevor wir auf diesem gottverdammten Planeten krepieren?«, keifte Alija ihn an.

Riley musste sich beherrschen, um sie nicht ebenfalls anzuschreien. »Bevor ich mich an dir vergehe, treibe ich es eher mit einem andorrianischen Warzenschwein!« Dieses Weib war unausstehlich! Ihr hübsches Äußeres vertrug sich absolut nicht mit ihrer ordinären Ausdrucksweise. So wie es schien, war sie eine waschechte menäische Kriegerin. *Schade eigentlich.*

»Na dann tu dir mal keinen Zwang an, Schlappschwanz! Und mach mich endlich los hier!«, rief sie wütend und zerrte an den Gurten.

»Warum denn so aufbrausend?«, sagte Riley kühl. »So wehrlos gefällst du mir am besten! Aber ich sollte dir noch deinen Mund stopfen. Dann kann ich ganz in Ruhe den Anblick deines wundervollen Körpers genießen!«

»Ja, dann stopf ihn mir bitte mit deinem Schwanz! Ich könnte mal wieder dringend einen vertragen! Aber wahrscheinlich habt ihr verdammten Andorrianer gar keine Pimmel!« Ihre dunklen Augen blitzten.

Diese Furie war unmöglich. »Da muss ich dich jetzt leider enttäuschen. Uns Andorrianern ist es strengstens untersagt, Sexualkontakt jeglicher Art mit den Menäern zu haben. Darauf steht bei uns die Todesstrafe!«, konterte er.

»Das ist jetzt aber nicht dein Ernst, oder, Waschlappen?«

54

Er ging nicht weiter darauf ein. »Mein Name ist Colonel Jack Riley und du bis…?«

»Fick dich, Arschloch!«, schrie Alija ihn wütend an. Wie war sie nur in diese verdammte Situation geraten? Und diese üblen Kopfschmerzen …

Riley blickte die fluchende Kriegerin eine Weile gedankenverloren an, ohne noch etwas zu sagen, und stand dann auf. Er brauchte dringend frische Luft, um sich über ein paar Dinge klar zu werden.

»Hey, wo willst du hin? Komm schon, mach mich endlich los! Ich rühr dich auch nicht an, versprochen! Riley!«, schrie Alija ihm nach.

Doch der saß schon außerhalb seines Schiffes auf der Laderampe, den Kopf auf die Hände gestützt. So wie es aussah, würde er mit dieser durchgeknallten Suffragette noch länger auf diesem Planeten festsitzen. Die Sendeantenne auf der Außenhülle des Schiffes war zerstört, weshalb er keinen Funkspruch absetzen konnte. Der Frachter schien ebenfalls flugunfähig. Es würde Wochen, ja vielleicht Monate dauern, bis er die primären Systeme wieder zum Laufen brachte. Er verstand nicht viel von der Reparatur von Raumschiffen. So etwas wurde den Offizieren in ihrer Ausbildung nicht beigebracht, denn normalerweise flogen in einem Frachter immer noch Mechaniker und ein Arzt mit, doch der Krieg zwang die Andorrianer zu drastischen Sparmaßnahmen.

Wenigstens hatte er Proviant für die nächsten Monate geladen. Doch was war dann? Was, wenn er das Schiff nicht reparieren konnte? Daran wollte er jetzt nicht denken. Eins nach dem anderen. Viel wichtiger war erst mal die Frage, was er mit dieser nervigen Menäerin anstellen sollte, ohne die er sich jetzt nicht in dieser aussichtslosen Lage befände. Aber dass er sie am Leben ließ, hatte er schon am See beschlossen.

Alija war erleichtert, als er nach wenigen Minuten schon wieder zurückkam. Sie wusste, dass es falsch war ihn wütend zu machen, also versuchte sie jetzt etwas freundlicher zu sein – was ihr sehr schwer fiel, schließlich war er ein Andorrianer. *Was tut man nicht alles, wenn man um sein Leben fürchtet.*

»Ich bin Leutnant Alija Kirah«, sagte sie ruhig. »Wo ist deine Crew?«

»Ich bin alleine.« Riley löste ihre Fesseln, hielt aber mit einer Hand den Blaster auf sie gerichtet. Durch den dünnen Slip zeichnete sich deutlich ihre zarte Spalte ab, weshalb er den Blick schnell wieder auf ihre wunderschönen Augen richtete. Er schluckte schwer. Jetzt, da sie sich beruhigt hatte, schien sie doch nicht so ätzend zu sein.

Riley ging ein paar Schritte zurück und warf Alijas »Kleidung« – einen schwarzen Bodysuit, den sie unter den Schutzschilden getragen hatte – auf das Bett.

»Zieh dich an und verschwinde«, erklärte er kühl. Er musste diese betörende Person aus seiner Umgebung entfernen. Was hatte sie bloß an sich,

55

dass sich sein Schwanz so nach ihr verzehrte?

»Wo soll ich denn hin? Gib mir wenigstens eine Waffe! Und meine Schilde! Da draußen leben wilde Tiere!«, wollte Alija ihn schon wieder ankeifen, beherrschte sich aber, so gut es ging. *Vielleicht lässt er sich ja doch noch umstimmen.* Sie kannte diese dunkle Sehnsucht, die in seinem Blick brannte. Das wollte sie zu ihrem Vorteil ausnutzen. Auch wenn das bedeuten würde, dass sie mit diesem Kerl ins Bett springen müsste. Es wäre kein großes Opfer für sie. So übel sah er schließlich nicht aus.

»Du hältst mich wohl für besonders dumm.« Riley grinste sie überheblich an. »Los, verschwinde endlich!« Er glaubte, ihre Gedanken erraten zu haben. Dieses Weib war die pure Versuchung. War der Teufel weiblich? Mit Sicherheit hieß er Alija. *Alija ... ein schöner Name ... für eine schöne Frau ...*

Alija stolperte mit ihrem Einteiler auf dem Arm fluchend aus dem Schiff und verschwand im Wald. Riley hatte ihr nicht einmal ihre Stiefel gelassen. »Verdammt, hätte er mich doch lieber getötet«, fluchte sie, als sie in den hautengen Anzug schlüpfte. »Hier draußen überlebe ich ohne meine Waffen keine einzige Nacht!«

Während Riley die Schäden an der Außenhülle des Frachters inspizierte, beobachtete sie ihn argwöhnisch aus mehreren Metern Entfernung. Es war offensichtlich, dass er keine Ahnung hatte, wie man ein Schiff reparierte. *Ihr* war dieses Wissen praktisch schon in die Wiege gelegt worden, besaßen ihre Eltern doch eine Shuttle-Werft. Alija konnte es locker mit den besten Mechanikern dieser Galaxie aufnehmen. »Hey, Blindgänger! Was soll das werden, wenn du fertig bist?«, spottete sie über die kleine Lichtung hinweg, auf der das Frachtschiff aufgeschlagen war.

Riley versuchte ihre unzähligen, spitzen Bemerkungen zu ignorieren, was ihm nicht gerade leicht viel. Aber er wollte sich vor einer Menäerin keine Blöße geben. Da biss er sich lieber auf die Zunge.

Plötzlich, ohne Vorwarnung, brach die Nacht herein, worauf es sofort merklich kühler wurde. Jetzt hatte Jack einen Grund, *ihr* spöttisch zuzurufen: »Schlaf gut, Schätzchen, und träum was Schönes!«, worauf er im Frachter verschwand.

»Riley, gib mir eine Waffe, du verdammtes ...!«, schrie sie, doch er konnte sie nicht mehr hören – die Luke hatte sich schon geschlossen.

Verflucht, war ihr kalt! Und zu allem Unglück begann es auch noch zu regnen!

Sie wollte sich gerade Schutz suchend unter einem Baum zusammenkauern, als sie hinter sich ein Knurren vernahm. Erschrocken blickte sie sich um und sah in ein paar Furcht einflößende, funkelnde Augen, die von einer Menge zottigen Pelz umgeben waren. Was für eine ekelhafte dreibeinige

56

Bestie! Gelber Speichel quoll wie Eiter aus ihren Lefzen, und Alija roch den giftigen Atem des Tieres. Noch nie in ihrem Leben war sie so schnell auf einen Baum geklettert wie in diesem Moment.

Sie verfluchte Riley, den verdammten Krieg, sich selbst – einfach alles und jeden! Zornige Tränen kullerten über ihre Wangen, die von dem eisigen Regen weggespült wurden. Morgen wäre ihr neunundzwanzigster Geburtstag gewesen.

Drinnen, im angenehm temperierten Frachter, machte sich Riley ungewöhnlich viele Gedanken über seinen Feind. Wenn er sie dort draußen in dieser Eiseskälte ließe, wäre sie morgen Früh mit Sicherheit erfroren. Dann wäre er ganz alleine auf diesem menschenleeren, abgeschiedenen Planeten. Und das machte ihm Angst. Ziemlich große Angst sogar. Lieber ertrug er Alijas schlechte Laune und spöttische Bemerkungen. Er könnte sie in einen leeren Frachtraum sperren. Dort würde sie nichts anstellen können. Er fand, dass das eine ziemlich gute Idee war, schnappte sich den Blaster und trat hinaus in das Unwetter: »Leutnant Kirah!«, brüllte er in die Dunkelheit. »Sind Sie hier irgendwo?«

»Riley!«, hörte er schwach ihre Stimme durch das Prasseln der Wassertropfen. »Pusten Sie diesen gottverdammten Bestien das Hirn raus!«

»Welchen Bestien?« In der Dunkelheit und dem strömenden Regen konnte er Alija nicht sehen, also folgte er dem Klang ihrer Stimme. Es war verdammt ungemütlich hier draußen. Wenn sie nicht bald ins Trockene käme, hätte sie morgen mit Sicherheit eine Lungenentzündung.

Endlich hatte er sie gefunden. »Was machen Sie da obe…«, weiter kam der Colonel nicht. Jetzt erst sah er im schwachen Licht, das die Scheinwerfer des Raumschiffes über die Lichtung warfen, zwei ungewöhnlich hässliche Viecher, die auf ihn zuliefen. Dem ersten Biest konnte er gerade noch mit der Waffe den Schädel zerfetzen, doch das zweite Tier, das gleich dahinter folgte, verbiss sich in seinem Unterschenkel. Ein unglaublich starker, brennender Schmerz breitete sich sofort von der Bisswunde über sein ganzes Bein aus. Beim zweiten Schuss zerriss es dem Untier den Kiefer und es war erledigt. »Verflucht noch mal!«, schrie er. Sein Bein fühlte sich heiß an und pochte. Irgendwie war heute nicht sein Tag.

»Warum hat das so lange gedauert?«, konnte Alija schon wieder motzen, als sie mit einem Satz neben dem Colonel im Matsch landete.

Dieser blickte sie böse an: »Halt` bloß deine blöde Klappe! Zuerst hast du mein Schiff zerstört, dann schießt du mich an, und wegen dir hat mich jetzt auch noch so ein blödes Vieh ins Bein gebissen!« Diese Frau war wie ein Fluch!

»Was?« Alija hatte davon nichts mitbekommen. Wahrscheinlich war ihr Gehirn durch den eisigen Regen schon steif gefroren.

»Los, komm schon, bevor noch mehr von den Biestern hier auftauchen«, brummte er, und schubste sie vor sich her in das Schiff, immer die Waffe auf sie gerichtet.

Riley fühlte sich schwach und müde, weshalb er nur noch in sein Bett wollte. Nachdem er Alija in einen leeren Frachtraum gesperrt hatte, in den er zuvor eine Matratze, Decken und Lebensmittel gebracht hatte, schloss er sich selbst in seiner Kabine ein und fiel bewusstlos in die Koje. Das Gift der Bestie breitete sich in rasender Geschwindigkeit in seinem Körper aus.

Alija zog sich währenddessen die nassen Sachen vom Körper und hüllte sich in die Decken, um sich aufzuwärmen. Sofort schmiedete sie einen Plan: Sie würde sich aus diesem lächerlichen Gefängnis im Nu befreit haben und auf dem Schiff nach Waffen suchen. Dann würde sie Riley überrumpeln, während er schlief, um das Schiff in ihre Gewalt zu bringen. Der Rest war ein Kinderspiel. *Diese alte Mühle habe ich schneller wieder in Schuss, als dieser Warmduscher bis drei zählen kann.* So viel stand definitiv fest.

Mit einer fest um ihren nackten Körper gewickelten Decke, entfernte sie die Abdeckung des Kontrollkästchens, das für den Betrieb der Tür in diesem Raum zuständig war. Innerhalb kürzester Zeit hatte sie es geschafft, diese zu öffnen, nachdem sie ein paar Leitungen kurzgeschlossen hatte. »Was denkt der nur, mit wem er es hier zu tun hat!«, sagte sie sehr überzeugt von sich selbst, bevor sie sich auf die Suche nach den Waffen machte.

Während sie auf nackten Sohlen durch das notdürftig beleuchtete Schiff schlich, wobei sie ein paar Cracker mampfte, die sie in der Bordküche gefunden hatte, inspizierte sie akribisch jeden Winkel des Frachters. Nichts sollte ihr entgehen. Dabei stellte sie bald fest, dass ihre Situation gar nicht so ausweglos war: *Eine, vielleicht zwei Wochen, und dieser alte Schrottkasten wird wieder fliegen.* Alle Ersatzteile, die sie dazu brauchte, waren vorhanden. Diese Neuigkeit hob ihre Stimmung beträchtlich.

Nachdem sie ihre Laser-Guns wiederhatte, nahm sie sich Colonel Rileys Tür vor. *Der Idiot wird vielleicht dumm aus der Wäsche gucken, wenn er beim Erwachen eine Pistole an seiner Schläfe spürt!*, dachte sie siegessicher.

Doch Riley wachte nicht auf. Er lag röchelnd und mit Schaum vor dem Mund in seinem Bett. Die nassen Kleider klebten ihm am Körper, von dem eine extreme Hitze ausging. Ja, er glühte nahezu! Sein Gesicht war krebsrot. Alija legte die Waffen zur Seite, beugte sich zu ihm herunter, und schob das Hosenbein bis zu der Stelle hoch, an der das Biest ihn gebissen hatte. Die Wunde sonderte ein grünliches Sekret ab und stank furchtbar. Riley lag im Sterben.

Sie schnappte sich die Rescue-Pads, die immer noch neben dem Bett lagen, und schob Jack das feuchte Hemd bis über die Brust nach oben. Der Anblick dieses hilflosen, äußerst gut aussehenden Körpers, ließ Alija kurz

58

schwindlig werden. Doch genau wie Riley bei ihr zuvor, befestigte sie ihm die Sensoren, um auf dem kleinen Computer abzulesen, was ihm fehlte: *So etwas habe ich vermutet. Das Untier hat ihn vergiftet. Wie praktisch!* Wenn er von selbst draufging, sparte sie sich viel Arbeit. Aber irgendwie brachte sie es nicht übers Herz, ihn hier sterbend liegen zu lassen. Schließlich hatte er ihr Leben verschont und sie vor den Biestern gerettet. Wie es schien, war er gar kein so großes Arschloch. Nur der Feind. Ein verdammt gut aussehender Feind!

Also gab sie eine Probe seines Blutes auf den Sensor am Gerät und wartete ab, welche Maßnahmen jetzt nötig waren, um sein erbärmliches Leben zu retten. »Nein, oder?«, sprach sie zu dem Computer. «Das kann jetzt aber nicht dein Ernst sein!«

Sie lief in den Krankenraum, holte eine Injektionspistole, Verbandszeug und eine Tube mit einer bläulichen Creme, womit sie dann wieder in die Kabine zurückeilte. Nachdem sie Riley das Antiserum in die Halsvene gespritzt hatte, zog sie ihm die nassen Kleider aus. Alle. Er lag so nackt wie am Tag seiner Geburt vor ihr. *Oh Gott, hat dieser Typ einen geilen Body!* Und Alija fand ihren Feind immer appetitlicher. Langsam glitt ihr Blick über die breite Brust, weiter hinunter zu dem herrlich flachen Bauch, von dem eine Spur feiner Härchen bis … Alija zog scharf die Luft ein.

Doch sie durfte sich jetzt nicht ablenken lassen. Es galt, keine Zeit zu verlieren, also rieb sie seinen Körper mit einem Handtuch ab, um das bereits durch die Poren ausgetretene Gift zu entfernen. Anschließend drückte sie eine beachtliche Menge der Creme in die Bisswunde und legte einen Verband an.

So weit, so gar nicht gut, denn jetzt fing der wirklich unangenehme Teil an. Oder angenehme? Man konnte es sehen, wie man wollte. Alija begann damit, jeden Zentimeter von Rileys athletischem Körper mit der blauen Creme einzureiben, die das Gift neutralisieren sollte. Sie arbeitete sich vom Gesicht über den stoppelbärtigen Hals und seinem nur spärlich behaarten Oberkörper bis zu der gewissen Stelle zwischen den Beinen vor, von der sie behauptet hatte, er besäße dort nichts. Und was er dort besaß! *Oh wow, ist das ein Prügel!*

Sie nahm den weichen Penis in die Hände und massierte vorsichtig die blaue Salbe darauf ein. Sie durfte schließlich keine Stelle auslassen! Dabei stöhnte Riley kurz. Anscheinend wirkte das Serum schon. Sein Glied füllte sich langsam mit Blut und richtete sich auf. *Was für ein Gerät!* Schnell ließ Alija von ihm ab, um an den Beinen weiterzumachen. Sie konnte sonst nicht garantieren, dass sie nicht einfach über diesen wehrlosen Mann herfiel! *Schließlich will ich ja nicht daran schuld sein, wenn er zum Tode verurteilt wird!*

59

Grinsend drehte sie ihn auf den Bauch, um die Paste auf der Rückseite zu verteilen. Sein knackiger Hintern war einfach eine Wucht, und seine Haut für einen Mann wundervoll samtigweich. Beinahe wäre sie wieder schwach geworden. Ständig musste sie sich selbst daran erinnern, dass vor ihr der verdammte Feind lag.

Als Alija mit ihm fertig war – sie hatte sich für diese Prozedur mehr Zeit gelassen, als es gewöhnlich gedauert hätte – drehte sie ihn wieder auf den Rücken, damit sie ihm noch einmal die Rescue-Pads anlegen konnte. Der Computer meldete, dass sie alles richtig gemacht hatte.

Behutsam zog sie ihm die Decke bis zum Hals. »Jack?«, flüsterte sie, doch der Colonel konnte sie nicht hören. Zärtlich strich sie ihm ein paar Haare aus der Stirn. »Lass mich hier bloß nicht allein, du verflixt hübscher Andorrianer.« Sie rollte sich neben ihm zusammen und schlief auf der Stelle ein.

Als Jack Riley mehrere Stunden später erwachte, fühlte er sich, als habe er den schlimmsten Kater seines Lebens. Alle seine Glieder waren steif – alle! – und taten furchtbar weh. Sein Schädel schien gleich zu zerspringen. Doch er war nicht so benebelt, um nicht zu bemerken, dass jemand neben ihm lag.

Alija blickte ihn aus großen Augen an: »Guten Morgen!«

Riley schoss in die Höhe. Dabei durchfuhr ein stechender Schmerz sein Gehirn. *Oh Gott, was ist heute Nacht passiert?* Seit dem Biss konnte er sich an nichts mehr erinnern. Sein Bein schmerzte grauenhaft, worauf er einen Blick unter die Decke wagte: *Ich bin nackt! Splitterfasernackt! Und von oben bis unten total blau!* Sein Herz setzte einen Schlag aus.

Alija musste lächeln. Sie konnte sich gut vorstellen, was Riley gerade dachte.

»Was ist passiert? Was hast du mit mir gemacht?«, fragte er vorsichtig, während er sich wieder erschöpft ins Bett sinken ließ. »Haben wir …?«

»Keine Panik. Es ist nichts passiert!« Sie grinste immer noch. *Na ja, fast nichts. Aber das musst du ja nicht wissen.*

Alija beugte sich zu ihm hinüber und die Decke rutschte ihr bis auf die Hüfte herunter. Dann legte sie ihm die Hand auf die Stirn. Das Fieber war merklich gesunken. Mit ihren nackten Brüsten berührte sie dabei – ganz aus Versehen! – seinen Arm. »Ich habe dir das Leben gerettet, Riley«, hauchte sie.

Sie hatte ihn zum ersten Mal nicht »Arschloch« oder »Mistkerl« genannt.

»Der Biss der dreibeinigen Bestie war hochgiftig. Dein Körper hat angefangen, sich selbst zu verdauen.«

»Dann bin ich dir wohl was schuldig«, meinte er erstaunt. So hatte er diese Frau nicht eingeschätzt. Er war sich ziemlich sicher gewesen, dass sie ihn bei der nächstbesten Gelegenheit umgebracht hätte. Wobei er auch gar nicht so

60

verkehrt lag. Aber Alija hatte inzwischen ihren Plan geändert.

»Ich würde sagen, wir sind quitt«, stellte sie fest. »Waffenstillstand?«

»Waffenstillstand!«, grinste er zurück und sie reichten sich die Hände. War er etwa gerade dabei, sich in diese extrem erotische Frau zu verlieben? Oder war er es bereits? Nur Schade, dass sie der Feind war, sonst hätte er ihren verführerischen Körper auf der Stelle genommen.

»Wir müssen dir das blaue Zeug runterwaschen!« Sie kletterte über ihn hinweg aus der Schlafkoje, wobei Riley genau in ihre Spalte blicken konnte. *Oh Gott, was für ein Weib!* Sie schämte sich ihrer Nacktheit kein bisschen.

»Bitte, Alija, zieh dir was an. Du bist hier nicht alleine auf diesem Planeten!«, bat er sie allen Ernstes. Er konnte vorher nicht aus dem Bett steigen, denn seine andorrianische Königs-Kobra war gerade sehr aktiv.

Doch Alijas Sachen waren noch feucht vom Regen. Riley bot ihr an, sich etwas aus seinem Spind zu nehmen. Er schloss solange die Augen, um so zu tun, als ruhe er sich aus, denn Alija rannte ungeniert und mit wippenden Brüsten vor ihm auf und ab, bis sie endlich eines seiner großen Shirts übergezogen hatte, das gerade so ihre Scham bedeckte.

Dann zog sie Riley aus dem Bett – seine Schlange hatte sich zum Glück wieder schlafen gelegt – und half ihm unter die kleine Dusche, die sich in seiner Kabine befand. Er konnte mit dem verletzten Bein kaum auftreten, aber wenigstens ließen langsam diese höllischen Kopfschmerzen nach.

»Brauchst du Hilfe?« Vielsagend starrte sie auf seinen durchtrainierten Waschbrettbauch.

»Das schaff` ich alleine«, meinte er verlegen, verschloss seinen nackten Körper hinter der Duschtüre und damit auch vor ihren lüsternen Blicken.

Riley ließ sich zuerst einen Schwall kaltes Wasser über das Gesicht laufen, um einen freien Kopf zu bekommen. Dieses Miststück verstand es, seinen Geist zu vernebeln. Hatte er nicht vorgehabt, sie im Frachtraum einzusperren? Und wie war sie überhaupt in seine Kabine gelangt, die er *immer* abschloss? Und wenn er sich vorstellte, dass dieses Biest ihre Hände auf seinem gesammten Körper gehabt hatte … Bei diesem Gedanken sammelte sich wieder das Blut in seinen Lenden. *So ein Mist, diese Wahnsinnsbraut lag die ganze Nacht neben mir und ich muss mir ausgerechnet diesen Tag aussuchen, um nicht mehr Herr über meine Sinne zu sein!*

Alija überlegte sich währenddessen, wie es jetzt zwischen ihnen weitergehen solle. Und sie hatte auch schon eine Idee: Sie würde von nun an diesen Krieg anders führen – nämlich mit den Waffen einer Frau. Dass Riley sie attraktiv fand, hatte sie schon am See bemerkt. Ihr Aussehen, das ja zugegebenermaßen nicht übel war, hatte ihr im Leben schon so manchen Vorteil beschert. Warum sollte es diesmal anders laufen?

Solange Riley duscht, werde ich erst mal in der Bordküche was futtern. Ihr Magen knurrte bedrohlich laut. Da kam ihr auch schon der nächste Einfall: Sie wollte Riley ein menäisches Frühstück zaubern, womit sie noch ein paar Punkte mehr bei ihm machen würde! Mit den richtigen »Argumenten« taten die Männer alles für eine Frau!

Als Riley noch etwas schwach auf den Beinen, aber schon wesentlich erholter, aus der Dusche stieg, fielen ihm als erstes die zwei Laser-Guns auf, die vor dem Bett lagen. Es waren Alijas Waffen. Er hatte sie weggesperrt. Da war er sich 100-prozentig sicher! Ein Blick auf das Bedienelement der Türe bestätigte seine Vermutung: Alija war schlauer, als er gedacht hatte. Sie war aus ihrem Gefängnis entkommen und in seine Kabine eingebrochen. *Was mag sie letzte Nacht noch alles angestellt haben?*

Jetzt, da ihr umwerfendes Aussehen nicht seinen Verstand betäubte, spürte er leichten Zorn in sich aufsteigen. *Andererseits, hätte sie vorgehabt, mich zu töten, wäre ich gestern ein leichtes Opfer gewesen. Was hat sie davon abgehalten?* Riley vermutete, dass nicht nur er es war, der sich zu seinem Gegenüber hingezogen fühlte.

Nachdem er in frische Sachen geschlüpft war, humpelte er los, um Alija zu suchen. Ein angenehmer Duft nach gebratenem Speck und Eiern lag in der Luft, was ihm das Wasser im Mund zusammenlaufen ließ.

Als er die Küche betrat und seiner reizenden Köchin gegenüberstand, war sein Zorn beinahe verraucht. »Du kleines Luder wolltest mich gestern Nacht abknallen, hab ich recht?«, sagte er ruhig. Irgendwie konnte er ihr nicht lange böse sein.

»Nicht so ganz«, erwiderte sie kauend und schluckte erst runter, bevor sie weitersprach. »Aber ich gebe zu, ich wollte dich überrumpeln und dein Schiff in meine Gewalt bringen. Aber wie du siehst, habe ich es mir anders überlegt. Ich dachte mir, wenn wir uns erst einmal besser kennen, kommen wir vielleicht ganz gut miteinander aus.« Sie hielt ihm einen dampfenden Teller unter die Nase. »Frühstück?«

Riley war überrascht. Das Wesen dieser Frau war nun ein völlig anderes als bei ihrem ersten Zusammentreffen. Er setzte sich an den Tisch und ließ sich etwas frisch gepressten Ojuta-Saft einschenken.

»Und wie denkst du, soll es jetzt mit uns weitergehen? Schließlich sind unsere beiden Völker Erzfeinde«, sagte Riley, bevor er sich etwas von dem köstlichen Ei in den Mund stopfte. Kochen konnte sie. Das musste er ihr lassen.

»Ich schlage dir einen Deal vor: Ich helfe dir, dein Schiff zu reparieren, und du nimmst mich mit. Weg hier von diesem öden Planeten.«

»Unmöglich!« Riley schüttelte den Kopf.

62

»Komm schon! Du schaffst es ja doch nicht alleine!«, bettelte sie, wobei sie mit ihren sinnlichen Lippen eine kleine Schnute zog.

»Ich weiß nicht«, murrte er, klang aber nicht sehr überzeugend.

Alija merkte, wie er langsam schwach wurde. »Bitte! Weil ich heute Geburtstag habe!«, flehte sie ihn an und versuchte einen umwerfenden Wimpernaufschlag hinzubekommen. Wie gesagt – mit den Waffen einer Frau!

Das mit dem Geburtstag hielt Riley für einen Scherz. Aber Alija hatte recht, auch wenn er es niemals zugeben würde: *Alleine schaffe ich es wirklich nicht.*

»Okay, abgemacht. Aber bei dem ersten neutralen Handelsstützpunkt, auf den wir stoßen, setze ich dich ab! Du wirst dich ungesehen von Bord schleichen und keiner Menschenseele jemals erzählen, was hier passiert ist! Andernfalls schwöre ich dir: Ich finde dich und drehe dir im Nachhinein noch deinen entzückenden Hals um!«

»Abgemacht!« Sie reichten sich ein weiteres Mal die Hände, wobei sich Alija extra weit über den Tisch beugte, damit sich Riley der volle Panoramablick in ihren Ausschnitt bot.

Alija war zufrieden. Die erste Hürde war genommen.

Nach ihrem gemeinsamen Frühstück, bei dem sich ihre Blicke öfter trafen, als den beiden lieb war, zeigte ihr Riley die Kabine, in der normalerweise das medizinische Personal nächtigte, und stellte sie Alija vorübergehend zur Verfügung. Sie hatte mindestens eine so gute Ausstattung wie die Kabine des Colonels, weshalb sie sich ein wenig geschmeichelt fühlte.

Als sie endlich wieder in ihren eigenen Klamotten steckte, nahm sie sich vor, keine Zeit zu verlieren und mit der Reparatur der neuralen Steuerkonsole zu beginnen. Je eher sie hier weg waren, desto besser. Doch die Arbeit erwies sich als schwieriger, als sie zuerst geglaubt hatte. Diese alte Mühle war nur noch Schrott. Dabei hatte der Tag so gut angefangen!

Riley und Alija arbeiteten einen vollen Tag und die ganze Nacht durch, die auf diesem kleinen Planeten jeweils nur wenige Stunden dauerte. Mit Riley an ihrer Seite kam sie ganz gut voran. Er stellte sich gar nicht mal so dumm an. Zufrieden schlief sie am Ende des Tages in ihrer gemütlichen Koje ein und träumte davon, Riley wäre kein verdammter Andorrianer, sondern ein Mann von ihrem Planeten, mit dem sie eine heiße Affäre hatte. Was sollte es – es war ja nur ein Traum. Und da war schließlich alles erlaubt.

Der nächste Tag verlief weniger angenehm. Sie durfte die anstrengende Drecksarbeit erledigen, während Riley bequem am neuralen Interface saß und die Bordprogramme checkte. Als sie auch noch tief in den Eingeweiden des Frachters herumkriechen musste, um drei durchgebrannte Schaltkreise zu ersetzen, fiel ihre Stimmung auf den Tiefpunkt.

»Alija, ich hab dich schon einmal gebeten, dir in meiner Gegenwart was anzuziehen!«, rief Riley zu ihr hinüber, als sie gerade leicht bekleidet – nur mit BH und Slip – aus einem Schacht kletterte, um etwas zu trinken.

»Hier unten hat es fast 50 Grad, Dummkopf!«, keifte sie und leerte die Flasche in einem Zug. »Und ich *habe* etwas an! Im Übrigen könnte ich mal deine Hilfe gebrauchen«, meckerte sie, als sie wieder hinabstieg. »Schwing sofort deinen faulen Knackarsch zu mir runter!«

Riley schluckte eine Bemerkung und kletterte ihr nach. Er wollte sie nicht noch mehr reizen. Außerdem hatte Alija recht. In Kleidung war es hier drinnen kaum auszuhalten. Sofort bildeten sich kleine Schweißtropfen auf seinem Körper, weshalb er sich ebenfalls bis auf die Shorts auszog. Dabei rumpelte er Alija in dem engen Schacht ein paar Mal an.

»Pass doch auf!«, motzte sie. »Es gibt Leute, die müssen hier arbeiten!« Es machte sie rasend, wenn etwas nicht so klappte, wie sie es wollte.

Riley atmete tief durch, damit ihm kein blöder Spruch entwischte.

»Du musst mich hier in diese enge Röhre schieben, damit ich ein Relais austauschen kann. Wenn ich fertig bin, ziehst du mich wieder raus!«

»Zu Befehl, Mam!«, seufzte er. Diese Frau war sogar nervtötend, wenn man sie nicht zum Feind hatte! Trotzdem trieb es ihn unwiderstehlich zu ihr hin.

Alija zog sich so weit wie möglich in den engen Tunnel und Riley half ihr dann nach, indem er sie an ihren nackten Beinen weiter hineinschob.

Für einen kurzen Moment hatte er ihr Hinterteil genau vor dem Gesicht. Ihr Schoß verströmte einen erregenden Duft, weshalb sich der Hengst in seiner Hose aufbäumte. *Oh Gott, diese heiße Braut!* Lange würde er ihren Reizen nicht mehr widerstehen können. *Ich bin auch bloß ein Mann!*

»Zieh mich raus!«, klang ihre Stimme kurze Zeit später dumpf an sein Ohr, und riss ihn aus seinen sündigen Fantasien. »Ich ersticke hier drin gleich!«

Schnell holte er sie heraus und Alija musste sich erst mal setzen. Sie war kreidebleich, ihr verschwitzter Körper mit Schmutz und Öl verschmiert. Ihre Atmung ging schnell. Riley reichte ihr etwas zu trinken.

»Spar dir deine Fürsorge«, keifte sie ihn an, als sie ihm die Flasche aus der Hand riss.

Konnte er ihr denn absolut nichts recht machen? Er wollte nur nett sein, doch jetzt platzte auch ihm der Kragen. Den ganzen Tag ertrug er schon ihre schlechte Laune, die sie immer an ihm ausließ. »Wenn dir hier irgendwas nicht passt, dann pack deine Sachen und verschwinde! Ich komm auch ganz prima ohne dich klar!«, schrie er sie an.

»Ach ja? Ich glaube, du musst mal ganz dringend Druck ablassen!«, fauchte sie ihm direkt ins Gesicht, und ohne lange nachzudenken, steckte sie ihre

64

Hand in seine Hose.

Riley sah sie mit einer Mischung aus Panik und Überraschung an. »Nimm deine dreckige Hand von meinem Schwanz.« Er stöhnte, und sie drückte noch fester zu. Sein Penis wurde sofort steinhart und stieß gegen den Stoff seiner Shorts. Unfähig, sich zu rühren, ließ er es einfach geschehen. Mit geschlossenen Augen lehnte er sich gegen den Schacht. »Verdammt Alija, was soll das?« Seine Stimme war kaum mehr als ein Hauch.

Alija wusste selbst nicht, was in sie gefahren war, doch jetzt gab es kein Zurück mehr. Sie war schon zu weit gegangen. Sie holte sein erigiertes Glied aus der Hose und steckte es sich in den Mund. Während sie daran saugte und lutschte, stöhnte Riley über ihr mehrere Male auf. Sie bearbeitete seinen Penis mit ihrer Zunge, als ob sie an einem leckeren Eis lutschen würde. Abwechselnd umspielte sie damit die zarte Haut der Eichel, und schob ihn sich dann wieder tief in den Hals. Alija genoss es, einen Mann so in ihrer Gewalt zu haben, außerdem schmeckte er köstlich.

Riley glaubte, seine Schwanz würde gleich explodieren, weshalb er ihren Kopf wegdrückte, sodass er unsanft gegen die Wand des engen Schachtes stieß. »Verflixtes Luder, dir werde ich es zeigen!«, keuchte er, als er sie an der Hüfte packte, um sie umzudrehen.

Alija bückte sich bereitwillig, um ihm ihr Hinterteil direkt vor die Lenden zu strecken. Riley schob keuchend den knappen Schlüpfer zur Seite und stieß mit seinem Schwanz in ihr feuchtes Loch. *Ich werde gelyncht, wenn das jemand erfährt!* Doch er konnte nicht aufhören. Dieses Weibsstück machte ihn rasend! *Jetzt werde ich ihr alles heimzahlen, was sie mir angetan hat!* Er hämmerte hart und schnell in ihre heiße Spalte, während er dabei ihre großen Brüste knetete. Heiß und fest umfing ihn ihr Fleisch.

Alija stöhnte jetzt ebenfalls ungeniert. Ja, dieser Mann wusste, wie sie es brauchte!

Er drückte mit der Linken den steifen Nippel ihrer Brustwarze und mit der rechten Hand rieb er fest an der angeschwollenen Perle zwischen ihren Schenkeln. »Du Bastard!«, stöhnte Alija atemlos auf, als er sie in die Brustspitze zwickte. Doch der unangenehme Schmerz verwandelte sich sofort in ein lustvolles Ziehen.

»Das war, weil du mein Schiff zerstört hast!«, keuchte er. Ja, er würde ihr *alles* heimzahlen! Sofort packte er sie fest an der Hüfte, zog seinen Schwanz ganz aus ihrer tropfnassen Vagina, und stieß noch härter zu.

Alija schrie auf, weil er sie fast aufspießte! *Was hat dieser Kerl bloß für ein Kaliber!?*

»Das war dafür, dass du mich angeschossen hast, du Miststück!«, stieß er heißer hervor.

Sein pulsierender Penis füllte sie voll und ganz aus. Das war gerade der beste Sex ihres Lebens!

Als sich ihr pochender Unterleib in ekstatischen Wellen zusammenzog und sie ihren Höhepunkt herausschrie, stöhnte Riley: »Und das ist dafür, dass mich die Bestie gebissen hat!« Und als sich ihre Enge schmatzend um seinen Schwanz zog wie eine Faust, schoss Riley ihr keuchend seinen Samen in den Körper. Endlich hatte er es diesem Miststück so richtig besorgt!

Einen kurzen Moment war nur ihr schneller Atem zu hören, und Riley hielt seinen geschlagenen Feind noch fest umschlungen. Doch plötzlich zog er sein Glied aus ihr heraus, um fluchtartig nach oben zu stürzen, ohne sie einmal anzublicken.

Alija hätte sich so sehr gewünscht, noch einen Moment länger von seinen starken Armen gehalten zu werden und ihn auf die Lippen zu küssen.

Doch sie brauchte sich nichts vormachen. Was gerade geschehen war, durfte sich nie mehr wiederholen! Es war eine einmalige Sache gewesen. Nur ein plötzliches Überkochen der Hormone, die ihren Verstand für einen Moment total ausgeschaltet hatten.

»Eigentlich kann ich diese Made ja überhaupt nicht ausstehen!«, sagte sie zu sich selbst und versuchte sich abzulenken, indem sie an einem Schaltkreis herumschraubte.

Doch Alija empfand mehr für ihren Feind, als sie zugeben mochte.

Jack stand mit geschlossenen Augen unter der Dusche und rang mit dem Gewissen. Was eben passiert war, durfte niemand erfahren! Es würde ihn sein Leben kosten! Es war schon schlimm genug, dass er sie verschont hatte. Allein deswegen würde ihn die andorrianische Regierung wegen Hochverrats anklagen! *Wenn sie doch bloß keine Menäerin wäre!* Er fühlte sich total verwirrt. Auch jetzt noch, wo er ihre Körpersäfte von sich gewaschen hatte, glaubte er sie noch überall zu spüren und zu riechen.

Auch Alija erging es nicht besser. Sie war hin- und hergerissen und ihre Gefühle fuhren gerade Achterbahn. Sie beendete die Arbeit für heute, da sie sich sowieso nicht mehr konzentrieren konnte, denn ihr Unterleib pochte noch immer. Sie meinte, jetzt noch Rileys Hände auf ihr zu fühlen, die an ihrem Körper ihre Spuren hinterlassen hatten. Vielleicht half es, seine Berührungen von der Haut zu waschen, also verzog sie sich ebenfalls in ihre Kabine. Da würde sie ihm wenigstens nicht mehr über den Weg laufen, was ja verdammt schwer war in dieser begrenzten Umgebung.

Doch das Wasser hatte auch ihr nicht die ersehnte Linderung gebracht. Nachts wälzte sie sich unruhig von einer Seite des Bettes auf die andere und verzehrte sich in ihren verwirrenden Träumen nach Jack.

Am nächsten Morgen, als sie sich in der Bordküche zufällig begegneten,

66

blickten sie sich für den Bruchteil einer Sekunde in die Augen. Jack hielt die Luft an. Dieses merkwürdige Gefühl in seiner Magengegend verhieß nichts Gutes. Er musste endlich aufhören, für diese Frau romantische Emotionen zu entwickeln. Das würde ihn noch vollends ins Verderben stürzen.

Auch Alija hatte gespürt, dass es ein unsichtbares Band zwischen ihnen gab, das da eigentlich nicht sein sollte. Ihr Herz klopfte bis zum Hals. Wie gerne hätte sie ihn jetzt an sich gezogen, um noch einmal diesen unwiderstehlich männlichen Jack-Duft zu inhalieren, der ihr alle Sinne raubte.

Schnell schnappte sich jeder etwas zu essen und ging schweigend an seine Arbeit. Alija reparierte an der Außenhülle des Frachters die defekte Antenne, während Riley am Schildgenerator ein paar Module austauschte. Wann immer sich ihre Wege kreuzten, brannten ihre Wangen, und sie blickten absichtlich in eine andere Richtung, so als ob es dort gerade etwas sehr Interessantes zu sehen gäbe. Sie sprachen kein Wort miteinander. So ging das drei volle Tage lang, bis Alija die Spannung zwischen ihnen nicht mehr aushielt.

Schnurstracks marschierte sie am nächsten Morgen in Rileys Kabine, zu der sie sich natürlich wieder unbefugt Zutritt verschafft hatte, wo sie sich neben den überrumpelten Colonel aufs Bett setzte. Sie kehrte ihm jedoch den Rücken zu, da sie ihm immer noch nicht in die Augen sehen konnte.

»Schon mal was von Anklopfen gehört?«, murmelte er und zog sich seine Decke bis zum Hals hoch.

»Riley, wir müssen reden«, sprach Alija in den Raum. »So geht das nicht mehr weiter! Lass uns das, was zwischen uns passiert ist, einfach vergessen. Ich weiß, dass ich an der ganzen Sache schuld bin, und es tut mir leid. Es wird nicht wieder vorkommen. Aber ich kann so nicht arbeiten. Ohne deine Hilfe schaffe ich es nicht. Ich brauche dich, Jack Riley!« So, jetzt war es raus. Alija holte tief Luft und wartete, was er dazu sagen würde. Ihr Herz raste und sie wagte kaum zu atmen. Verdammt, das hatte sich mehr wie eine Liebeserklärung angehört als nach einer Entschuldigung. *Ich dummes Mondkalb.*

Nach einer endlosen Pause des Schweigens, flüsterte er ihr ins Ohr: »Ich brauche dich auch.«

Alija hatte überhaupt nicht bemerkt, dass er sich zwischenzeitlich hinter ihr im Bett aufgesetzt hatte. Er zog sie zu sich nach hinten, ihren Kopf auf seinen Schoß, und küsste die perplexe Kriegerin flüchtig auf den Mundwinkel. In seinen grünen Augen flackerte eine verzweifelte Sehnsucht.

Sie war auf alles Mögliche vorbereitet gewesen, nur nicht auf das! Einer plötzlichen Eingebung folgend, schlang sie die Arme um seinen Nacken und zog ihn noch näher zu sich.

Jack atmete vor Erleichterung aus. Sofort bedeckte er ihr gesamtes Gesicht mit Küssen, fuhr dann zärtlich mit der Zungenspitze über ihre Lippen und nahm anschließend ihren Mund leidenschaftlich und verlangend in Besitz.

Wie sehr sich Alija danach gesehnt hatte! Sie kam ihm mit der Zunge entgegen, streichelte zärtlich seinen Nacken und zog seinen Körper auf sich. Sie war so erleichtert, dass Jack ebenso empfand wie sie, dass ihre Augen feucht wurden.

Jack legte sich neben sie und sah sie verlangend an. »Ich liebe dich seit dem Augenblick, als du aus dem See gestiegen bist.« Sanft strich er mit dem Daumen über ihre Lippen.

Alijas Augen leuchteten. »Ich weiß, Jack. Mir ging es bei dir genauso. Und das, obwohl du mir eine Waffe an die Brust gehalten hast!«

Und hatte jemals einer behauptet, Krieger konnten nicht weinen, so irrte er sich in diesem Augenblick gewaltig! Beiden liefen salzige Tränen der Erleichterung über die geröteten Wangen, die sich mit ihren zärtlichen Küssen vermischten.

So hart und heftig ihr erstes Mal auch gewesen war, desto einfühlsamer war ihr zweites. Von nun an arbeiteten sie wieder zusammen und fielen in jeder freien Minute übereinander her. So ging das Tag ein und Tag aus. Obwohl das den Fortschritt der Reparaturen drastisch verlangsamte, konnten sie nicht genug voneinander bekommen. Was keinen auch nur im Geringsten störte.

Vier Wochen später verkündete Alija stolz, dass Jack nun einen Startversuch unternehmen konnte. Nachdem sie einen erfolgreichen Probeflug über den Planeten absolviert hatten, besprachen sie noch einmal ihren Plan: Jack würde Alija bis zu einem neutralen Handelsposten mitnehmen, sie dort unbemerkt absetzen und verschwinden. Beide hatten sich schon eine glaubwürdige Geschichte für ihre wochenlange Abwesenheit zurechtgelegt, die sie ihren Vorgesetzten präsentieren würden.

Bevor sie für immer von diesem einsamen Planeten verschwanden, schliefen sie noch einmal miteinander und hätten diesen lustvollen Akt am liebsten nie enden lassen wollen.

Wehmütig blickten sie beim Abflug »ihrem« kleinen Waldplaneten nach, bis er nur noch ein kleiner, unbedeutender Punkt in den Weiten des Alls war. Alija ging in ihre Kabine, um ihre wenigen Sachen zusammenzusuchen: ihre Waffen, das Visier und den Körperpanzer. Nichts durfte auf ihren Aufenthalt in dem Raumschiff hindeuten.

Nachdem sie mehrere Stunden mit Höchstgeschwindigkeit durch das Universum gesaust waren – wobei des Öfteren einer von ihnen mit einem unbedeutenden Vorwand das Deck verließ, um sich ein paar Tränen aus den

68

Augen zu wischen –, stießen sie auf die neutrale Handelskolonie der Liturger, die weder mit den Menäern noch mit den Andorrianern ein Problem hatte.

Schweren Herzens und nach unendlich vielen Küssen, trennten sie sich voneinander.

»Ich werde dich nie vergessen, Leutnant Alija Kirah, Kriegerin der Menäer, Giftheilerin und weltbeste Verführerin«, schniefte Jack, wobei er versuchte zu lächeln.

»Und du wirst immer den ersten Platz in meinem Herzen einnehmen, Colonel Jack Riley, andorrianischer Soldat, Bezwinger der dreibeinigen Bestien und weltbester Liebhaber!«, antwortete Alija, während ihr eine Träne über die Wange rollte. Als sie sich ungesehen aus seinem Schiff stahl und in der Menschenmasse untertauchte, zerriss es ihr fast das Herz bei dem Gedanken, Jack nie wieder zu sehen. Schon jetzt sehnte sie sich zurück in seine starken Arme, die ihr das Gefühl absoluter Geborgenheit gaben, nach seinem unwiderstehlich männlichen Duft und natürlich nach dem besten Sex des Universums. Eisern zwang sie sich dazu, sich nicht wieder umzudrehen, schließlich war sie eine menäische Kriegerin und er ein andorrianischer Soldat. *Scheiß Krieg! Ohne ihn wäre alles viel einfacher!*

Nachdem Jack mit einigen Liturgern Waren getauscht hatte – um den Schein zu wahren –, begab er sich schwermütig wieder auf sein Schiff und wusste, dass ihn diesmal dort keine menäische Schönheit erwartete. Bedrückt startete er den Frachter, um den liturgischen Handelsposten und seine große Liebe hinter sich zu lassen. Hätte er gesehen, mit welchem unglücklichen und Tränen überströmten Gesicht Alija ihm nachblickte, wäre er vielleicht wieder umgekehrt. Doch er wagte keinen Blick zurück. Schließlich durfte er als Soldat keine Schwäche zeigen.

Verdammter Krieg! Er hatte ihn zu der Frau seines Lebens geführt, mit der er niemals alt werden durfte. Schon jetzt vermisste er sie wahnsinnig. Alles, was er von Alija besaß, waren seine Erinnerungen an sie. Er wünschte, es wäre mehr. Doch nichts und niemand durfte seiner Regierung verraten, dass er fast vier Wochen lang ein Verhältnis mit einer Menäerin geführt hatte.

Plötzlich blinkte auf seiner Konsole in roten Buchstaben ein Hinweis auf: NÄCHSTES JAHR, SELBE ZEIT, GLEICHER ORT?

Entgegen seinen Anweisungen auf dem Schiff keinerlei Spuren zu hinterlassen, hatte sie es doch tatsächlich fertiggebracht, ihm eine unlöschbare Nachricht in den Bordcomputer zu programmieren! Jack grinste. *Dieses Miststück!* Hatte sie ihr Ziel am Ende doch noch erreicht! Jetzt würde er den Frachter in die Luft jagen müssen!

Aber er würde da sein und kostete es sein Leben. Versprochen!

69

Ein Jahr später …

Alija stand mit einem Säugling im Arm vor dem Raumschiff und blickte selig in den dunklen Wald, der sich ringsherum um sie erstreckte. Das Baby mit dem verstrubbelten Haarflaum sah sie mit seinen großen dunkelgrünen Augen zufrieden an, während es genüsslich an ihrer Brust schmatzte.

Hinter ihnen trat Jack aus der Luke, legte seine Arme um die beiden wichtigsten Menschen des gesamten Universums, und seufzte: »Ich werde euch nie wieder gehen lassen, auch wenn wir dafür bis an unser Lebensende auf der Flucht sein werden.«

Er küsste seinen Sohn liebevoll auf die Stupsnase, und presste anschließend seinen Mund leidenschaftlich auf Alijas Lippen.

»Nie wieder … Versprochen!«

70

Die Amazone - Nana Amalas Liebessklave

Ich weiß nicht, wie ich meine Geschichte beginnen soll, denn ich, Nana Amala, Kriegerin der Vaikaner, habe etwas sehr Schlimmes getan … nein, nicht nur ich allein … mein ganzes Volk hat furchtbare Dinge getan! Wir haben ahnungslose junge Männer verschleppt und gedemütigt, so wie wir es schon seit Urzeiten getan haben und mein Volk es auch heute noch macht. Nur deshalb, weil wir nicht über unsere Schatten springen können, um unsere alten, menschenverachtenden Bräuche zu ändern. Denn ich bin … Ich *war* wie eine Amazone aus den alten Legenden von der Erde! Mit Leib und Seele habe ich der Königinmutter unseres Volkes untertänig gedient, sie geliebt, verehrt und ihren Befehlen nie widersprochen – bis auf das eine Mal.

25 große Sonnenkreise lang habe ich nur Frauen begehrt, weil ich es nicht anders kannte. Bis zu dem Tag, an dem ich eine Wächterin geworden bin, wobei ich zum ersten Mal in meinem Leben einem Mann begegnete: Steve Bradley … mit Augen so blau wie der Himmel und Haaren so pechschwarz wie die finstere Nacht.

Mir war es bei meinem Leben untersagt, mich an ihm zu erfreuen, aber es war die höchste Ehre für seine Bewachung und Pflege zu sorgen, solange er uns zu Diensten war.

Nur auserwählten Kriegerinnen ist es gestattet, den *Ritus des Lebens* zu vollziehen. Allein die großen, schwarzhaarigen und helläugigen Frauen, die sich bester Gesundheit erfreuen, werden zu dem geheimen Ort gebracht, den außer der Königin und ihren engsten Beraterinnen niemand kennt.

Ich durfte also den Mann bewachen. Tag und Nacht verbrachten wir viele Monde in der kleinen Hütte, bis er seinen Zweck erfüllt hatte und ich ihn töten sollte.

Aber ich will meine Geschichte von vorne beginnen:

565 p New Independent Empire, auf einem unscheinbaren Planeten, irgendwo in der Sculptor-Galaxie …

Es war vor genau sieben Monden, am Tag, als das große Pajuta-Fest zu Ehren der Heiligen Mutter stattfand. Unsere ganze Stadt war prächtig geschmückt, die Luft erfüllt von den beruhigenden Klängen der Windharfen, und wir Frauen trugen unsere schönsten Festtagsgewänder.

Ilaja war an diesem Nachmittag von einer langen Reise zurückgekehrt, um bei der ehrwürdigen Mutter vorzusprechen. Sie hatte einen passenden Mann gefunden, der den strengen Kriterien des Hohen Rates entsprach. Das sah ich an der Art, wie die Königin zufrieden lächelte.

Kurze Zeit später wurde die freudige Nachricht verkündet, worauf die drei auserwählten Frauen auf ihre Aufgabe und den Weg zur heiligen Stätte Dalarius vorbereitet wurden – einer von sieben geheimen Orten, an denen die Paarungsrituale seit Jahrhunderten vollzogen werden. Ich konnte es immer noch nicht glauben, dass *mich* das Los getroffen hatte, die auserwählte Wächterin zu sein. Zum ersten Mal würde ich dieses andere Wesen erblicken, von dem die Vaikanerinnen nur flüsternd und in unbeobachteten Momenten hinter vorgehaltener Hand erzählten.

Die Königin ließ mich zu sich in den Palast rufen. Ehrfürchtig kniete ich vor dem großen goldenen Thron, der reich verziert war mit den edelsten Steinen des ganzen Universums, während ich ihrer gütigen Stimme lauschte. Allein die Matriarchin trifft alle Entscheidungen. Unser ganzes Volk verehrt sie.

Ihre silbergrauen Haare, die einstmals pechschwarz waren, hingen in großen Wellen von ihrem Haupt. »Du kennst die Regeln, Nana Amala?«, fragte sie mich eindringlich.

»Ja, Mutter«, antwortete ich und blickte zu ihr auf, in die strahlendsten blauen Augen der gesamten Galaxie. Sie war noch immer wunderschön, trotz des hohen Alters. Selbst ihre Figur, die fest in ein goldenes Gewand gewickelt war, hatte kaum etwas von der schlanken Form eingebüßt. Aufrecht und stolz saß die Königin auf ihrem Herrschersitz. Obwohl sie nicht mehr gehen konnte, strahlte sie Würde, Macht und Autorität aus.

Ich liebte und verehrte sie über alles.

»Dann wirst du noch heute Nacht nach Dalarius aufbrechen!«, donnerte ihre Stimme durch die große Halle.

»Wie Ihr befehlt, so soll es geschehen, meine Königin!« Bevor ich mich zum Gehen wandte, küsste ich ihre Wange, wobei sie mich einen kurzen Moment am Arm festhielt.

»Solltest du es wagen, dich an diesem niederen Wesen zu erfreuen, wirst du getötet, mein Kind. Vergiss das nicht!«, sprach sie eindringlich, aber sanft. »Nur den Auserwählten ist es gestattet, seinen wertvollen Samen zu erhalten!«

»Das ist mir bewusst, große Mutter.« Aber es war nicht gerecht.

Mitten in der Nacht verließen wir mit zwei kleinen Shuttles unsere Stadt, deren Häuser im Schein der Festtagsfackeln golden funkelten. Welch schöner Anblick! Es war das letzte Mal, dass ich Galandria, meine Heimat, sah.

72

Keiner von uns wusste, wohin die Reise ging. Die Schiffe folgten automatisch der programmierten Route und flogen durch das Dunkel der Nacht über den Planeten. In dem ersten Flieger saßen Lahila und Shirien, in dem anderen Roiya und ich. Roiya trug ein langes weißes Kleid aus einem fein gewebten Stoff, ebenso wie die anderen Auserwählten, das, obwohl es recht schlicht war, an ihr wirklich bezaubernd aussah. Genau wie Lahila und Shirien gehörte sie zu den schönsten Frauen unseres Volkes. Sie sahen aus wie drei Schwestern und waren doch keine. Sie würden eines Tages einen Platz im Hohen Rat erhalten, um gemeinsam mit der Königin unser Volk zu regieren. Doch zuerst mussten sie ein Kind empfangen.

Ich hingegen trug mein normales Kriegergewand: Ein schwarzes Bustier aus glattem Leder sowie eine dunkelgrüne Hose aus einem besonders elastischen, hauchdünnen Material, die mir wie eine zweite Haut passte. Als Kriegerin musste ich schließlich beweglich sein. Um meine Hüfte hing lässig ein dunkler Gürtel, an dem ich meine Waffen trug: ein langes Messer, dessen silberne Klinge kunstvoll geschmiedet und dessen Griff reichlich mit den Symbolen unserer Sprache verziert war, sowie eine kleine Guna. Das war eine spezielle Feuerwaffe, die unser Volk selbst anfertigte, weshalb sie kein anderer Kämpfer im Universum besaß. Sie schoss schnell und präzise und lag gut in meiner Hand. Ich war sehr stolz darauf, mich zu den besten Schützen der Vaikaner zählen zu dürfen. Doch leider stand es mir niemals zu, eine Auserwählte zu werden und ein Kind zu empfangen.

Auch würde ich niemals dem Hohen Rat beitreten können. Dazu fehlte es mir an körperlicher Größe sowie an den wundervollen, tiefschwarzen Haaren. Meine waren hüftlang und braun, wobei sie im Licht der Sonne einen rötlichen Schimmer zeigten. Ich besaß nicht einmal diese faszinierenden blauen Augen. Meine waren bloß grün, weshalb ich sie nicht besonders hübsch fand. Wie gerne hätte ich es selber erlebt, so ein kleines Wesen in mir heranwachsen zu fühlen. Ich beneidete die anderen Frauen, denen dieses Privileg nur wegen ein paar Äußerlichkeiten zustand. Deshalb tröstete ich mich damit, dass ich wenigstens an der Aufzucht und Erziehung der »Babbies« teilhaben durfte. Doch es war nur ein schwacher Trost.

Durch die milchigen Scheiben konnten wir nicht sehen, wohin uns der Weg führte. Wir hatten Proviant für mehrere Monate geladen, außerdem alle anderen Dinge, die man sonst noch für eine angenehme Zeit benötigte, und natürlich genug Werkzeuge und Baumaterialien. Dalarius und die anderen Ritusstätten mussten stets in einem ordentlichen Zustand gehalten werden.

Nach mehreren Flugstunden setzten die Shuttles endlich zur Landung an. Als sich die Luken öffneten, wobei angenehm kühle Luft in das Schiff strömte, warteten wir gespannt, wohin wir gebracht worden waren. In der Morgendämmerung blickten wir von einem kleinen Hügel hinab auf die

73

heiligen, mit Nebelschwaden ummantelten Mauern von Dalarius: es war ein kleines Dorf mit Hütten aus grauem Stein, die Dächer gedeckt mit Steppengras, die Wege unbefestigt.

Kein Vergleich zu unserer hochmodernen Stadt Galandria, aber hier in Dalarius durfte nicht viel verändert werden. So schrieben es unsere Gesetze schon seit jeher vor. Hinter den Häusern erstreckte sich endloses Grasland und weit in der Ferne konnten wir vage die grauen Spitzen eines Gebirges ausmachen. Bei diesen Gegebenheiten war es kaum zu befürchten, dass uns der Gefangene entkam. Das kurze Gras bot ihm keine Möglichkeit sich zu verstecken.

Das Shuttle mit dem Si`Amak, was in unserer Sprache *Mann mit schwarzen Haaren* bedeutete, stand neben unseren. Es war schon in der Nacht hier eingetroffen. Da es meine Aufgabe war, dieses Wesen in die »Hütte des Lebens« zu bringen und dort so viele Monde über diesen Mann und den Ritus selbst zu wachen, wie es die Zeit erforderte, ging ich zu dem Schiff, das in der Morgensonne golden glänzte, um die Heckluke zu öffnen. Lahila, Shirien und Roiya standen in einiger Entfernung hinter mir, wobei sie ebenso gespannt wie ich selbst auf diesen anderen Menschen warteten, der unserer Art ähnlich war, aber sich dennoch von uns unterschied.

Wild und ungestüm pochte mein Kriegerherz in der Brust, und als ich das fremde Geschöpf zum ersten Mal erblickte, war es sofort um mich geschehen: Reglos lag der große Mann auf dem Boden des Shuttles, als würde er so friedlich schlafen wie eines unserer Kinder. Er trug ein helles Hemd, eine schwarze Hose und seltsame dunkelbraune Stiefel aus einem glänzenden Material, das mir unbekannt war. Die schwachen Strahlen der hereinfallenden Morgensonne wurden von seinem pechschwarzen Haar verschlungen, doch sein schönes Gesicht mit den aristokratischen Zügen und den sinnlichen Lippen, strahlte im fahlen Licht wie das Antlitz eines Gottes.

Als ich mich über ihn beugte, um den betäubten Körper hochzuheben, stieg mir ein Duft in die Nase, der meine Sinne zu vernebeln schien. Das ganze Shuttle war erfüllt von diesem betörenden Geruch, der in meinem Unterleib ein seltsames Kribbeln erzeugte, weshalb ich meine Augen nicht von seinem Gesicht nehmen konnte. Es war einfach überirdisch schön: Die vollen Wimpern ruhten wie zwei dunkle Halbmonde auf den hohen Wangen, die gerade Nase und sein markantes Kinn waren wohlgeformt. So also sah ein Mann aus. Ilaja war ein wahrer Glücksgriff gelungen, so schien es mir. Doch die Worte der Königin hallten wie ein böses Echo in meinem Kopf: *Solltest du es wagen, dich an diesem niederen Wesen zu erfreuen, wirst du getötet, mein Kind. Vergiss das nicht!* Das brachte mich wieder in die Realität zurück.

Wie einen Sack legte ich ihn über die Schultern. Sein warmer Körper war

74

schwer. Verdammt schwer! Doch ich war stark. Schließlich stählte das tägliche Training meine Muskeln, und ich war sehr stolz darauf, dass ich dadurch trotzdem meine weiblichen Kurven nicht verloren hatte.

Als ich den Mann an den Beinen hielt, damit er mir nicht von der Schulter rutschte, fühlte ich durch die Kleidung sein festes Fleisch. Einen Moment lang wankte ich unter dem Gewicht und seinem betörenden Duft, der mir die Kraft aus den Knien raubte. So etwas war mir noch nie passiert. Mein Verhalten verwirrte mich. Also trug ich ihn schnell ins Freie, wo ich erst einen tiefen Zug der frischen Luft nahm, bevor ich mit ihm ins Dorf hinabschritt. Die Auserwählten folgten mir staunend. Sie schien der Anblick dieses Fremden genauso zu faszinieren wie mich. Hinter meinem Rücken tuschelten sie über ihn.

»Ich werde heute Nacht als Erste zu ihm gehen«, verkündete Roiya, deren Name *Süße Schönheit* bedeutete. »Als Älteste von uns allen steht mir dieses Recht wohl zu!«

»Das wird das Los entscheiden!«, erwiderte Lahila trotzig.

Ich mischte mich nicht weiter in den Streit ein, da meine Konzentration alleine dem Si`Amak und den Vorbereitungen galt. Ich muss gestehen, dass ich sehr nervös war.

Die Wächterhütte war nicht zu verfehlen. Das kleine Haus mit den vergitterten Fenstern lag genau im Zentrum der Siedlung, wo es von sieben runden Hütten umkreist wurde, in denen die Auserwählten während der Ritus-Zeit wohnten. Um diese Hütten wiederum zog sich eine niedere Mauer, damit niemand versehentlich in den tiefen Graben fallen konnte, der dahinter lag. Dieser war gespickt mit zum Himmel gerichteten Speeren, in denen einige menschliche Skelette hingen. Sie wurden niemals entfernt, denn sie dienten den Gefangenen zur Abschreckung.

Mit dem interessanten Geschöpf auf den Schultern marschierte ich über den schmalen Steg, der über den Höllengrund führte und später entfernt wurde, damit der Si`Amak während der Freigänge nicht fliehen konnte. Als sich Lahila, Shirien und Roiya eine Hütte aussuchten, in der sie die nächsten Wochen oder Monate bis zur Empfängnis leben würden, ging ich in die Wächterhütte, wo ich den Mann auf seine Pritsche warf. Erleichtert darüber, die anstrengende Last los zu sein, wischte ich mir den Schweiß von der Stirn und atmete ein paar Mal tief durch.

Der Fremde war noch immer ohne Bewusstsein, doch dieser Zustand würde nicht mehr lange andauern. Also befestigte ich an seinem Hals sowie um seine Hand- und Fußgelenke je einen passenden Fixierring. Diese waren aus einem silbernen Metall gefertigt, das sich den Gelenken automatisch anpasste. Sie lagen neben dem Bett in einer goldenen Truhe und hatten ihren Zweck schon bei vielen Gefangenen zuvor erfüllt. Es schmerzte mich, diesem attraktiven Kerl ein Leid zufügen zu müssen, doch so lauteten unsere Gesetze, denen ich mich beugen musste.

Bevor ich das Magnetfeld aktivierte, das ihn an das Bett fesseln würde, begann ich ihn auszuziehen. Ich machte mir nicht die Arbeit, ihm das Hemd mühsam über den Kopf zu zerren, sondern holte das Messer aus meinem Gürtel, mit dem ich den Stoff vom Kragen abwärts aufschlitzte. Als ich ihm die Fetzen abziehen wollte, schien mein Herz für einen Moment auszusetzen. Der Anblick seines nackten Oberkörpers raubte mir den Atem. Anstatt einer weichen weiblichen Brust wölbten sich zwei kräftige Muskelstränge unter den Nippeln. Ohne zu überlegen streichelte ich darüber und wanderte mit der Hand hinab zu dem flachen Bauch. Meine Atmung beschleunigte sich, mein Herz raste. Diesen Fremden zu berühren erregte mich ungemein, doch es war verboten! Ich wollte meine Hände von dem Körper nehmen, aber sie gehorchten mir nicht. Stattdessen bewunderte ich die feine Spur schwarzer Härchen, die sich von seinem Bauchnabel abwärts in der Hose verlor.

Ohne an mögliche Konsequenzen zu denken, streichelte ich ihn weiter. Seine warme Haut schien mir weicher als die einer Frau, worauf ich wieder dieses Kribbeln in meinem Unterleib spürte, von dem ich wusste, was es bedeutete. *Solltest du es wagen, dich an diesem niederen Wesen zu erfreuen ...* Endlich kam ich zur Vernunft. Schnell zog ich die Hand von dem festen Fleisch, weil ich noch ein wenig länger leben wollte. Bei dem Gedanken, dass Lahila, Shirien und Roiya ihn berühren durften, so lange und so oft sie wollten, versetzte es mir einen Stich ins Herz.

Shirien, die Jüngste von uns, deren Name *Lieblicher Traum* bedeutete, steckte plötzlich den Kopf in die Hütte.

»Raus mit dir!«, befahl ich energisch, während ich aufsprang. Sie hatte doch nichts bemerkt? »Du darfst ihn erst sehen, wenn ich mit ihm fertig bin!« Also drückte ich sie sanft an ihren Schultern zurück nach draußen.

»Ich wollte dir doch nur die Öle bringen, Nana!« Sie kicherte und versuchte über meine Schulter einen Blick auf den Gefangenen zu erhaschen. Ihre großen blauen Augen blickten neugierig und freudig erregt. Ich kannte Shiriens zügellose Leidenschaft, die sie mir schon in einigen Nächten geschenkt hatte, und wieder entbrannte in mir das Gefühl von Eifersucht. Süße Shirien. Welch Glück sie doch hatte!

Gereizt scheuchte ich sie fort zu den zwei anderen gackernden Hühnern, wobei ich sie an ihre Pflichten erinnerte. »Wenn ihr nicht bald die heiligen Gaben aus den Shuttles holt, werden wir heute nicht mehr mit der Zeremonie beginnen können!«, schalt ich sie, worauf Lahila, Shirien und Roiya lachend zu den Schiffen zurückliefen.

Ich hob die edle Truhe mit den Ölen auf, die Shirien mir vor den Eingang gestellt hatte, ging wieder in die dunkle Hütte und verschloss die Holztüre hinter mir mit einem eisernen Riegel. Der Mann lag noch genauso da wie ich ihn verlassen hatte, doch seine Atmung veränderte sich. Bald würde er aufwachen. Ich musste mich beeilen!

Die Truhe mit den Ölen stellte ich neben seine Pritsche, bevor ich ihm die Fetzen des zerschnittenen Hemdes vom Körper zog. Ich versuchte, nicht auf den aufregenden Körper zu achten, sondern konzentrierte mich ganz auf meine Aufgabe.

Dann nahm ich mir die braunen Stiefel vor. Sie saßen fest auf den muskulösen Waden, doch mit einem kräftigen Ruck bekam ich sie ab und warf sie achtlos zur Seite. Mit zitternden Händen näherte ich mich dem Bund der Hose, wo ich meine Finger unter den Rand des Stoffes schob. Ein wohliger Schauer durchströmte mich, als ich seine Haut spürte. Wieder wunderte ich mich, wie weich sie doch war! Der Si`Amak machte mich kraftlos, schwindlig. Das war nicht gut. Wie sollte ich die nächsten Wochen oder gar Monate in seiner Nähe überstehen, wenn mir schon jetzt ganz schwummerig war? Ich war eine Kriegerin, verdammt noch mal! Doch auf die Begegnung mit einem Mann hatte mich während meiner langen, harten Ausbildung niemand vorbereitet.

Was würde nur im Falle eines Krieges geschehen? Zum Glück waren wir ein unentdecktes Volk und uns lag sehr viel daran, dass es auch so blieb. Nur selten verirrte sich ein Reisender auf unseren Planeten. Solange sie uns oder unsere Stadt nicht entdeckten, ließen wir sie ziehen. Doch wehe, wenn sie uns bemerkten, dann kannten wir keine Gnade: Die Männer wurden getötet, nachdem sie uns zu Diensten waren, aber die Frauen durften bleiben. Eine Flucht war zwecklos. Zum Glück hatte ich Derartiges bis jetzt noch nie erleben müssen und würde es auch hoffentlich niemals! Nie im Leben könnte ich mir mit Gewalt einen Mann nehmen, nur um von ihm ein Kind zu empfangen, doch so waren nun einmal die Regeln. Was war ich nur für eine weiche Kriegerin! Sollte ich es jemals in den Hohen Rat schaffen, würde ich alles daran setzen, unsere antiquierten Gesetze zu ändern! Doch ich brauchte mir nichts vormachen – dazu war ich nicht *rein* genug.

Mit einem kräftigen Ruck zog ich die Hose nach unten. Ein kehliges Stöhnen drang aus meinem Hals. Nur wenige Zentimeter von meinem Gesicht entfernt lag seine Männlichkeit direkt vor meinen Augen, was mir nun vollends den Verstand raubte. In einem Nest aus schwarzen Haaren ruhte eine erschreckend große Schlange, die ebenso friedlich schlummerte wie der Si`Amak selbst. Fasziniert versank ich in der Betrachtung des Körperteils, der nun mit meinem absolut keine Ähnlichkeit aufwies. Wie gerne wollte ich dieses Stück Fleisch berühren, nur um zu sehen, wie es beschaffen war.

Ich bückte mich noch ein wenig weiter zu ihm hinab, und der Geruch seiner Haut legte einen Zauberbann auf mich. Wie ein Film aus Honig überzog sein Duft die Schleimhäute meiner Nase – meine Lungen drohten in dieser Süße zu ertrinken. Plötzlich bekam ich nur schwer Luft. Ganz langsam, fast wie in Trance, führte ich eine Hand zwischen seine Beine, schwer darauf konzentriert, diese »gewisse Stelle« nicht zu berühren. Meine Finger schwebten nur wenige Millimeter über seinem Penis, damit ich die Wärme fühlen konnte, die davon ausging. Es kam mir wie eine Ewigkeit vor, dass ich so über ihn gebeugt kniete und ihn ausgiebig betrachtete. Obwohl er die Schamhaare gestutzt hatte, fand ich sie dennoch viel zu lang. Unser Volk entledigte sich seit Anbeginn von jeglicher Körperbehaarung, das Kopfhaar natürlich ausgeschlossen, doch die Kultur dieses Fremden schien das anders zu halten. Auch seine Unterarme und Beine waren überzogen von seidig schimmerndem Haar, trotzdem stieß mich dieser Anblick nicht ab, im Gegenteil – es erregte mich. So etwas kannte ich nicht. Es war neu, einen Mann zu berühren. Neu ... und leider auch verboten.

Plötzlich riss mich eine Zuckung seiner Muskeln aus der Erstarrung, worauf ich schnell die Hand zurückzog und ihm die Hose gänzlich von den Füßen, und sie zu den Schuhen warf. Hektisch suchte ich nach der Aktivierungseinheit, um ihn am Bett zu sichern. Er war kurz davor aufzuwachen! Einige Schritte von seinem Bett entfernt verlief ein metallener Streifen über den Boden, links und rechts über die Wände, und traf an der hölzernen Decke wieder zusammen wie eine Art Tor. Ein elektrisches Feld würde sich dort als unsichtbare Wand in dem Ring aufbauen, die den Si`Amak an einem Ausbruch hindern würde.

Ich suchte weiter. In dem Gefängnis gab es nur noch eine Tür, hinter der sich ein Abort verbarg. Außerhalb des Metallringes fing mein Reich an. Hier standen ebenfalls nur ein einfaches, aber bequemes Bett und ein Tisch mit einer Waschschüssel. Auch für mich gab es einen eigenen kleinen Raum, in dem ich mich erleichtern konnte. Schließlich fand ich die Kontrolleinheit direkt am Kopfende meiner Pritsche, wo ich auf das Symbol mit den fünf Ringen drückte. Sofort wurden die Arme und Beine des Mannes wie von einer unsichtbaren Macht geleitet an den Rändern des Bettes fixiert. Jetzt konnte ich wieder zu ihm gehen, ohne einen überraschenden Angriff befürchten zu müssen.

Als ich abermals auf den wohlgeratenen Körper starrte, fühlte ich in der Magengegend wieder ein seltsames Ziehen. Wie gerne hätte ich mich jetzt auf ihn gelegt, seine Wärme auf meiner Haut gespürt und diesen erregenden Duft inhaliert. »Nana, denk an deine Aufgabe!«, sprach ich laut. Der Klang meiner eigenen Stimme brachte mich wieder zur Vernunft. Ich drehte mich von ihm weg, damit ich den nächsten klaren Gedanken fassen konnte.

Der Ritus sah vor, dass ich nun seinen Körper wusch. Also schob ich den

78

schweren Riegel wieder zur Seite, um die Tür zu öffnen. Shirien trieb sich verdächtig nah an der Wächterhütte herum.

»Seid ihr schon fertig mit Ausladen?«, rief ich zu ihr hinüber.

»Ja, fast. Bist du schon so weit?«, fragte sie, wobei ihre Augen hoffnungsvoll leuchteten.

»Noch nicht. Ich brauche Wasser. Könntest du …«

»Schon geschehen!«, rief sie aufgeregt und trollte sich davon. Sie konnte es wirklich kaum erwarten. Süße Shirien, ich beneidete sie.

Vor der Tür verweilte ich einen Moment, um die frische Morgenluft zu inhalieren. Sonnenstrahlen wärmten mein gebräuntes Gesicht. Mit geschlossenen Augen lauschte ich der wunderbaren Stille dieser Abgeschiedenheit. Die Luft, die das Kichern der Mädchen zu mir herübertrug, war hier in Dalarius absolut rein! Einfach himmlisch!

Kurze Zeit später kam Shirien mit einem gläsernen Krug zurück, der bis zum Rand gefüllt war mit dem klaren Wasser des kleinen Baches, der hinter den Hügeln vorbeifloss. Bei jedem ihrer eiligen Schritte spritzten ein paar Tropfen auf ihr weißes Kleid. Meine süße Shirien – sie war so wunderschön!

Als sie auf mich zulief, wippten ihre schwarzen Locken auf ihrer Hüfte, und ihre nackten Füße wirbelten den Staub auf. »Hier, du gute Nana«, hauchte sie, als sie mir den Krug in die Hand drückte. Wie gerne hätte ich jetzt ihre zarten Lippen geküsst, um meine angestaute Lust etwas abzulassen, doch ich musste mich um den Si`Amak kümmern.

Also trat ich wieder in die Hütte, dessen Raum durch das hereinfallende Licht kaum erhellt wurde, da die zwei einzigen Fenster sehr klein waren. Sehr klein *und* vergittert, damit niemand entkommen konnte.

Ich goss gerade das kühle Wasser in eine irdene Schale, die auf dem hölzernen Waschtisch stand, als der Gefangene hinter mir lang und kehlig stöhnte. Sofort breitete sich auf meinem Körper eine Gänsehaut aus und beinahe wäre mir der Krug entglitten. Der Klang seiner tiefen Stimme war überaus verlockend.

Mit der gefüllten Schüssel in den zitternden Händen spazierte ich vorsichtig zu ihm hinüber, wo ich sie neben das Bett auf dem Boden abstellte. Dort standen bereits die edle Kiste aus schwarzem Holz mit den wertvollen Ölen und die goldene Truhe, aus der ich die Ringe geholt hatte. Wieder hob ich ihren schweren Deckel, zog ein rotes Tuch heraus und legte es in das frische Wasser. Anschließend öffnete ich die kleine schwarze Kiste, deren Holz so glatt poliert war, dass ich mich darin spiegeln konnte, worauf mich eine Wolke aus einem duftenden Potpourri einhüllte. In der Kiste, die mit rotem Samt ausgekleidet war, standen drei kunstvoll geblasene Fläschchen, jedes in einer anderen Farbe, die mit den schönsten Ornamenten unserer Kultur verziert waren.

Ich entschied mich spontan für die gelbe Phiole, dessen gläsernen Pfropfen ich vorsichtig entfernte. Dann gab ich genau drei Tropfen des wertvollen Öles in die Waschschüssel, bevor ich das Fläschchen wieder in die Kiste zurückstellte. Sofort durchzog der liebliche Duft von Jasmenta und Oranja die kleine Hütte. Wieder wurde mir schwummerig. Was hatte sich die Königin nur dabei gedacht, gerade *mich* zur Wächterin zu ernennen? Ich fühlte mich so schwach und verwundbar wie noch nie zuvor in meinem Leben. Doch ich musste an meine Pflichten denken – meine Aufgaben erfüllen! Also tauchte ich die Hände in das duftende Wasser und wrang das Tuch aus. Der Körper dieses Mannes musste gewaschen werden, ob es mir gefiel oder nicht.

Natürlich würde es mir gefallen und genau davor hatte ich Angst!

Langsam beugte ich mich über sein schönes Gesicht, um es vorsichtig mit dem Lappen zu betupfen. Es gefiel mir, wie der herrliche Kerl so hilflos und verwundbar vor mir lag, wobei mich wieder das unstillbare Verlangen überkam, ihn einfach auf die Lippen zu küssen. Sollte ich es tun? Niemand würde es jetzt bemerken, doch ich traute mich einfach nicht, feig, wie ich war.

Es erregte mich, wie das duftende Nass glänzende Perlen auf seinem Mund erzeugte. Vorsichtig fuhr ich mit dem Tuch weiter über die bartschattige Wange. Ich würde ihn rasieren müssen, doch für heute ging es noch. Ich konnte die Mädchen nicht mehr länger warten lassen.

Behutsam strich ich mit dem Lappen seine Kehle entlang, bis zur Brust. Eine zarte Gänsehaut breitete sich darauf aus. Während ich die dunklen Brustspitzen umkreiste, richteten sie sich langsam auf. Dieser Anblick erregte und faszinierte mich zugleich. *Genau, wie bei Shirien ...*

Wieder stöhnte der Si`Amak. »Shaw, was machst du da?«, kamen die Worte leise, aber verständlich aus seinem Mund, wobei sein warmer Atem mein Ohr streifte. Abermals durchfuhr ein wohliger Schauer meinen Körper. Sofort richteten sich meine Knospen unter dem hautengen Bustier ebenfalls auf.

Er drehte den Kopf auf die andere Seite, hielt aber die Augen weiterhin geschlossen. Vergeblich versuchte er die Arme zu bewegen. »Shaw, du Luder, was machst du mit mir?«, murmelte er.

Shaw? Er meinte sicher Ilaja. Wie sollte ich bloß die nächsten Wochen seiner extrem erotischen Ausstrahlung widerstehen, ohne verrückt zu werden? Schon der Klang dieser exotischen Stimme reichte aus, um mich in einen Schwindel erregenden Rausch zu versetzen, der mich bis zum Himmel zu wirbeln schien! *Oh Heilige Mutter! Bitte mach mich stark!*, betete ich.

Ohne ihm zu antworten, rieb ich seinen Oberkörper weiter ab, worauf er überall eine Gänsehaut bekam und sich seine Brustwarzen noch intensiver zusammenzogen. Meine Berührungen schienen ihm zu gefallen, was es für

80

mich nur noch schwerer machte.

Wieder ein Stöhnen seinerseits. »Hast du mich abgefüllt? Es zerreißt mir fast den Schädel!« Seine Stimme klang jetzt schon fester. Bald würde er die Augen aufschlagen, also musste ich mich beeilen. Irgendwie war es mir nun peinlich, was ich da tat. Vor mir lag schließlich eine fremde Person – eine fremde *nackte* Person – und zudem noch ein Mann!

Immer tiefer arbeitete ich mich vor … bis … Heilige Mutter! Seine Schlange war erwacht! Groß und aufrecht stand seine Männlichkeit von ihm ab, und der dunkelrote Kopf des Ungeheuers blickte mich mit seinem einem Auge bedrohlich an. Fast hätte es meinen Arm gestreift! Schnell machte ich an den Beinen weiter, um hektisch das duftende Wasser auf den durchtrainierten Schenkeln zu verteilen. Mein Herz raste – auf meiner Stirn stand kalter Schweiß.

»Das gefällt mir, Shaw!«, stöhnte der Si`Amak unter mir. Wieder zerrte er an den Fesseln. »Was zum …« Er riss die Augen auf. »Du bist nicht Shaw! Wo ist sie und wo bin ICH, VERDAMMT NOCH MAL!« Die letzten Worte schrie er. Er hatte bemerkt, dass er sich nicht bewegen konnte, worauf er sich panisch umblickte.

»Sie ist nicht da«, erwiderte ich mit zittriger Stimme, ohne von seinen Beinen abzulassen. Was war nur los mit mir? Warum unterhielt ich mich mit ihm? Das war mir doch strengstens verboten!

Außerdem hatte ich immer noch nicht seine Schlange gewaschen. Aus den Augenwinkeln beobachtete ich fasziniert, wie sie sich wieder in ihr schwarzes Nest legte. So gefiel sie mir schon besser.

»Ist das ein übler Scherz von ihr? Und wer bist *du* überhaupt?« Abermals blickte er sich um, doch nur so weit, wie es der Ring um seinen Hals erlaubte. »SHAW!« Das klang wütend.

Verstand er mich etwa nicht? »Sie ist nicht da«, wiederholte ich, diesmal schon etwas fester.

Sein Gesicht war schön, wild und so entrückt in seinem Zorn, dass er wie ein Racheengel aussah. In den ozeanblauen Tiefen seiner Augen leuchtete ein überraschter Ausdruck auf.

»Bist du Shaws Freundin?«, fragte er, wobei etwas Hoffnung in seiner Stimme schwang.

Ich wollte, dass er noch mehr sprach. Seine Stimme war interessant und sehr angenehm. Außerdem besaß er einen aufregenden Akzent. Von welchem Planeten er wohl stammte? Ein Blick über die Schulter verriet mir, dass wir nicht beobachtet wurden. Auf gar keinen Fall durften die Mädchen bemerken, dass ich so viel mit ihm redete. »Du meinst sicher Ilaja. Sie hat dich zu uns gebracht.« Meine Stimme hatte ihre Sicherheit zurückgewonnen. Ich musste es nur schnell angehen, dann hätte ich es gleich hinter mir.

»Uns?« Wieder blickte er sich um. »Wo bin ich? Warum bin ich gefesselt, VERDAMMT NOCH MAL!«

Jetzt! Ich tauchte den Lappen ein letztes Mal in das duftende Nass, bevor ich ihm das triefende Ding unbeholfen zwischen die Beine klatschte.

»Aua! Spinnst du?«, schrie er auf. »Was tust du da? Willst du mich umbringen? Meine Kopfschmerzen sind schon höllisch genug!«

Ich wollte es nicht. Aber ich würde es tun müssen. Früher oder später.

»Was habt ihr euch für ein krankes Spiel ausgedacht?«, fragte er mit schmerzverzerrtem Gesicht und zog an den Ringen. Sie bewegten sich keinen Millimeter.

Seine Schlange schien sehr verletzlich zu sein. Ich hatte davon gehört, dass Männer äußerst empfindsam sein sollen, besonders was ihren Samenspender anging. Anscheinend stimmte es, was man sich über sie erzählte.

Vorsichtig nahm ich das Tuch wieder auf, sehr darauf bedacht nicht seine Haut zu berühren, und wrang es ein letztes Mal aus, um behutsam die glänzenden Perlen von dem schlafenden Untier zu wischen, das jetzt alle Bedrohlichkeit verloren hatte.

»Nimm deine Hände von meinem Schwanz und mach mich endlich los!«, funkelte er mich an und rief: »Shaw, du Schlampe, ich finde euer blödes Spiel nicht mehr lustig!« Tief aholte er Luft. »Ich habe mir gleich gedacht, dass mit ihr was nicht stimmt«, setzte er noch murmelnd hinzu.

In seinem Zorn spannte er jeden Muskel seines Körpers an. Das gefiel mir. Er wirkte stark, animalisch und gefährlich. Fast so wie ... »Bist du auch ein Krieger?«, entwischte mir plötzlich mein Gedanke.

»Was? ...« Er schien mich nicht zu verstehen.

Egal. Schnell packte ich die Truhe mit den Ölen und trat aus der Hütte.

»Mach mich endlich hier los, du Miststück!«, tobte er verzweifelt hinter mir, dann schloss ich die Tür.

Eine Brise wehte um meine Nase, und erst jetzt merkte ich, dass mein gesamter Körper mit Schweiß überzogen war. Ich atmete ein paar Mal tief ein und aus, worauf sich meine Anspannung etwas löste.

Die Mädchen sahen mich vor der Hütte stehen und liefen aufgeregt auf mich zu. Ich kam ihnen ein Stück entgegen, denn der fluchende Si`Amak hinter mir machte mich nervös.

»Wir haben getanzt und unsere Gebete der ehrwürdigen Mutter vorgetragen. Wir sind nun bereit!«, sprach Roiya ungeduldig.

»Das Los wird entscheiden«, erklärte ich ihr, die schwarze Truhe öffnend. »Nehmt euch jede eine Flasche!«

Shirien griff sich zielsicher die gelbe, während sich Roiya und Lahila um das blaue Fläschchen stritten.

»Genug jetzt!«, unterbrach ich sie genervt. Ständig bekamen sich die bei-

82

den in die Haare. Warum hatten sie kein so ausgeglichenes Wesen wie Shirien? »Die Entscheidung ist gefallen. Shirien wird als Erste zum Si`Amak gehen!«

»Natürlich! Wer sonst!«, keifte Roiya. »Wir wissen alle, dass du sie begehrst und ihr deswegen den Vorzug lässt!«

Meine Wangen brannten und ich warf einen kurzen Blick hinüber zu Shirien. Sie strahlte mich mit ihrem bezauberndsten Lächeln an. Daraufhin errötete ich nur noch mehr, weshalb ich versuchte, sie nicht weiter zu beachten. Dann wandte ich mich wieder an Roiya: »Das hat nichts *damit* zu tun. Ich habe den Si`Amak mit dem Öl aus *dieser* Phiole gewaschen und deswegen ist Shirien jetzt zuerst dran, da *sie* diese Flasche gewählt hat. So sind die Regeln!«

»Ihr habt euch abgesprochen!« Roiya ließ nicht locker.

»Roiya!«, schrie ich. Langsam verlor ich die Geduld mit dieser Schönheit und blickte sie böse an. »Entscheide dich endlich für eine Flasche oder ihr alle werdet euch in diesem Leben an keinem Mann mehr erfreuen!«

Sie zeigte mir gegenüber etwas Respekt, indem sie beleidigt die rote Flasche herausholte. Lahila blieb nur noch die blaue. Gekränkt zog Roiya Lahila mit sich fort, und sie verschwanden in ihren Hütten. Shirien und ich blieben alleine auf dem Platz zurück.

»Gelb ist meine Lieblingsfarbe!« Shirien grinste, während sie nah an mich herantrat. Hoffentlich blickten die Anderen nicht aus den Fenstern, sonst würde sich ihr unbegründeter Verdacht noch bestätigen. »Und du bist mir die liebste Freundin!« Sie senkte ihren Mund auf meine Lippen, um mich zärtlich zu küssen. Ich stöhnte leise. Wie gerne hätte ich sie jetzt gepackt und in ihre Hütte getragen, doch der Gefangene wartete bereits auf sie.

»Wir sind uns sehr ähnlich, nicht wahr, starke Nana?« Ihre großen Augen blickten direkt in mein Herz. Zu diesem Zeitpunkt wusste sie noch nicht, welchen Kummer ich ihr bald bereiten würde.

Ohne ihr zu antworten, gingen wir gemeinsam zur Wächterhütte, wo ich mit klopfendem Herzen die Tür öffnete. Shirien folgte mir ins Halbdunkel hinein. Ich entzündete eine Öllampe, die ich in die Mitte des Raumes hängte, ein kleines Stückchen von dem metallenen Band entfernt. Die Lampe durfte schließlich nicht in die Reichweite des Mannes gelangen. Gefangene stellten zuweilen die merkwürdigsten Sachen an, wenn es um ihr Leben ging. Zum Glück hatte der Si`Amak noch keine Ahnung, wie es um seine nahe Zukunft bestellt war, darum verhielt er sich entsprechend. Gerade schrie er wieder, man solle ihn doch endlich befreien.

Shirien blickte fasziniert auf den athletischen, nackten Körper, der sich vor ihren Augen immer wieder aufbäumte. Ich wusste, wie sie sich fühlte, worauf ich sie ein weiteres Mal dafür beneidete, dass sie ihn berühren durfte.

Vielleicht würde die ehrwürdige Mutter mir erlauben, diesen Planeten zu verlassen, damit ich mir auch einen Mann suchen konnte, um ein Kind zu empfangen. Ich wollte einen Mann, dem ich mich aus Leidenschaft hingeben konnte. Ich wollte einen Mann wie *diesen* hier ... doch die ehrwürdige Mutter würde meinem Antrag niemals zustimmen. Diese verfluchten Gesetze. Ich kam mir selbst vor wie eine Gefangene. Gefangen auf dem Planeten meiner Vormütter.

»Oh Nana, ich bin so aufgeregt!« Wie ein ängstliches Kind schmiegte sich Shirien an mich. Ich roch ihr Haar, das nach frischer Pfefferminze duftete.

»Das musst du nicht. Ich bleibe mit dir in der Hütte, wenn du magst.« Meine süße Feder sollte sich wirklich nicht fürchten müssen.

Sie nickte und zog sich ihr Kleid über den Kopf. Nackt wie Mutter Erde sie schuf, stand sie vor der Pritsche, nur mit der gelben Flasche in der Hand, an der sie sich krampfhaft festhielt. Shirien war so wunderschön! Selbst dem Mann schien sie zu gefallen, denn er hatte aufgehört zu schreien, um mit aufgerissenen Augen auf ihre großen Brüste zu blicken.

»Weißt du, was du tun musst?«, fragte ich und beobachtete sie lüstern. Mein Unterleib pochte; eine feuchte Wärme machte sich zwischen meinen Schenkeln breit. Wie gerne hätte ich sie jetzt geliebt. Mein Körper war mit allen Sinnen bereit dazu.

Der Si´Amak brachte mich allerdings wieder auf den Boden zurück: »Was habt ihr vor? Bin ich etwa euer Liebessklave, ihr total durchgeknallten Tussies?« Er klang fast ein wenig belustigt. *Armer Kerl, wenn du nur wüsstest, was dir noch alles bevorsteht,* dachte ich.

Nachdem seine Fragen abermals unbeantwortet blieben, fing er sofort wieder zu toben an. Er ließ ein Heer von Flüchen und wüsten Beschimpfungen los, was meine Freundin sichtlich verängstigte.

»Nana, sein Geschrei macht mich ganz nervös!« Mit zitternden Knien stieg Shirien zu ihm auf das Bett, kniete sich zwischen seine leicht gespreizten Beine und verteilte ein paar Tropfen Öl auf dem Penis. Der Mann beobachtete sie kurz mit ungläubiger Faszination, fing dann aber wieder an zu toben.

Ich nahm den feuchten Lappen aus der Schüssel, wrang ihn aus und formte einen Knebel. »Mund auf!«, befahl ich dem Gefangenen. Doch der dachte nicht daran. Immer wieder drehte er den Kopf zur Seite und presste die Lippen fest aufeinander. »Ihr Weiber seid doch total verrückt! Sucht euch doch jemand anderen für eure Spielchen ... argh ...« Er biss zu, bevor ich den Lappen richtig drin hatte.

»Mund auf!«, wiederholte ich, diesmal mit etwas mehr Nachdruck, doch er weigerte sich und wollte das Tuch wieder ausspucken. Da zog ich das Messer aus dem Gürtel und hielt ihm die scharfe Klinge an die Kehle. Jetzt gehorchte er sofort, worauf ich ihm das Tuch so fest hineinstopfte, dass er

84

würgte.

»Kein Laut mehr oder ich muss dir wehtun. Verstanden?«, hauchte ich ihm bedrohlich ins Gesicht. Würde ich überhaupt in der Lage sein ihn zu töten? Ich hatte noch nie einen Menschen umgebracht, und dieser Mann war etwas ganz Besonderes, das hatte ich schon im Shuttle gespürt.

Er versuchte zu nicken, was ihm aber mit dem Fixierring um den Hals kaum gelang. Zum ersten Mal erblickte ich richtige Furcht in seinen Augen. Endlich hatte er begriffen, dass es sich hier um kein Spiel handelte.

»Jetzt gehört er dir, Shirien.«

»Danke, Nana« Sie lächelte mich an und nahm den Penis des Mannes in ihre Hände. Ohne den Blick von mir abzuwenden, fing sie an, sein Glied zu massieren.

Diesen Anblick konnte ich nicht länger ertragen, weshalb ich mich auf mein Bett warf und die Augen schloss. Ich wollte nicht sehen, wie sie ihn auf diese Art berührte, wo ich mich doch gerade selbst nach ihren Zärtlichkeiten sehnte. Aber meine Neugier war einfach zu groß, daher blinzelte ich schon kurze Zeit später zu ihnen hinüber. Sie kniete immer noch zwischen den Beinen des Gefangenen, um mit liebevoller Hingabe seine Männlichkeit zu bearbeiten. Immer wieder glitt sie mit der linken Hand zwischen seine Schenkel und drückte die Stelle unterhalb seiner prallen Eier. Es dauerte nicht lange, da richtete sich das schlafende Ungetüm wieder zu seiner vollen Größe auf. Wie eine Lanze stand sein Penis vom Körper ab, und Shirien, zufrieden über ihren Erfolg, nickte. Sie erhob sich, machte zwei wackelige Schritte über die muskulösen Oberschenkel, bis sie mit gespreizten Beinen über dem Phallus stand.

Der Si`Amak atmete schwer durch die Nase. Er schien erregt, aber vielleicht hatte er auch bloß Angst. Doch sein Blick verriet mir, dass ihm gefiel, was er sah. Shirien tropfte sich etwas von dem Öl auf die Finger, die sie langsam über ihre blank rasierten Schamlippen gleiten ließ und tiefer in sich hinein. Mit ein paar flinken Bewegungen der Hand glänzte die Haut auf ihrem Venushügel und der zarten Spalte darunter. Ihr dabei zuzusehen, wie sie sich selber Lust verschaffte, erregte mich ungemein. Es kostete mich meine ganze Beherrschung, sie nicht sofort in mein Bett zu zerren.

Ganz langsam ging Shirien in die Knie, bis die glänzende Eichel ihren feuchten Eingang berührte, hielt den öligen Penis mit einer Hand umklammert und setzte sich langsam auf ihn. Als der Schaft des Gefangenen in ihre Hitze stieß, stöhnte der Si´Amak erstickt auf. Auch Shiriens Mund entkam ein Seufzer, und die weiteren Laute, die sie von sich gab, riefen nach mehr.

Das konnte ich nicht länger ertragen! Der Neid brannte in mir wie ein alles vernichtendes Feuer. Sie durfte sich an dem seltenen Wesen erfreuen, wobei es ihr auch noch sichtlich Spaß machte, während ich bloß zusehen durfte. Auch dem Mann schien es zu gefallen. Ich war so eifersüchtig auf ihn! Er konnte meine süße Shirien auf eine Art und Weise erfreuen, wie ich es niemals vermochte.

Beleidigt drehte ich mich von ihnen weg, um die graue Wand der Hütte anzustarren. Tränen der Wut und des Frustes wollten sich an die Oberfläche stehlen. Meine Augen brannten, und ich ballte die Hände zu Fäusten, sodass sich meine kurzen Nägel in die Handflächen gruben. Am liebsten hätte ich sofort die Wächterhütte verlassen, doch ich hatte Shirien versprochen, bei ihr zu bleiben. Hinter meinem Rücken hörte ich sie ungeniert stöhnen. Ebenso den Gefangenen.

Gerade, als ich doch aufspringen wollte, um diesen Wahnsinn zu entfliehen, hörte ich Shirien: »Nana, komm doch bitte und hilf mir ein bisschen. Es mag mir einfach nicht so recht Spaß machen ohne dich!«

Wie konnte sie es wagen! Mich so zu provozieren! Und erst diese Lüge! Natürlich machte es ihr Spaß, das war schließlich nicht zu überhören! »Du weißt doch, dass ich mich nicht an ihm erfreuen darf!«, keifte ich die Wand an.

»Süße Nana, die Regeln verbieten es doch nicht, dass du dich an *mir* erfreuen darfst! Bitte!«, flehte sie.

Da hatte sie allerdings recht, weshalb ich ihrem Hilferuf sofort folgte. Jetzt kniete ich mich hinter Shiriens Rücken zwischen die Beine des Mannes, gründlich darauf bedacht, ihn nicht zu berühren, und legte meine Hände um Shiriens flachen Bauch. Sofort entfuhr ihr ein Keuchen, was meine Lust weiter aufflammen ließ. Mit meiner Rechten wanderte ich zu ihrer Brust, nahm vorsichtig eine harte Knospe zwischen die Finger, während meine Linke über ihren Bauchnabel nach unten wanderte. Mein Gesicht schmiegte ich an ihren Rücken, auf dem sich ein hauchfeiner, feuchter Film gebildet hatte. Jedes Mal, wenn ich die steifen Nippel drückte und zwirbelte, stöhnte Shirien laut auf. Ich hatte im Laufe unserer Bekanntschaft herausgefunden, was sie erfreute, genauso wie sie wusste, was mir Spaß machte. Allein ihre zarte Haut zu fühlen erregte mich so sehr, dass ein feuchter Schwall der Lust meine hauchdünne Hose dunkel verfärbte.

Der Mann, dem dieses Spiel sichtlich gefiel, keuchte mit uns Frauen. Er bekam jedoch immer schlechter Luft und ich hatte Sorge, dass er uns noch erstickte. Also ließ ich kurz von meiner bezaubernden Freundin ab und trat an das Kopfende. Ohne ein Wort zu sagen, hielt ich ihm mein Messer vor die Nase, während ich mit der anderen Hand das Tuch aus seinem Mund zog. Erleichtert atmete er ein paar Mal tief ein. Mit einem Finger an meinem Mund wackelte ich wieder mit dem Messer vor seinem Gesicht. Er verstand und blieb stumm. Froh, dass er jetzt so kooperativ war, begab ich mich wieder in meine letzte Position. Plötzlich legte Shirien ihre Hand auf meine,

86

um sie tiefer zu schieben. »Bitte streichle meine Perle!«, flehte sie heiser.

»Wie gerne würde ich, süße Shirien, doch dann berühre ich den Si`Amak!«, stöhnte ich in ihr Ohr. Alleine dieser Gedanke ließ meinen Körper erbeben.

»Bitte!«, flehte sie abermals. »Ich verrate dich auch nicht!« Mit sanfter Gewalt schob sie meine Hand zu der Stelle zwischen ihren Beinen, die vor Lust triefte und geschwollen war.

Zum ersten Mal im Leben berührte ich gleichzeitig das Geschlecht einer Frau und das eines Mannes. Während ich zwischen ihren sämigen Lippen rieb, fühlte ich, wie der harte Phallus des Gefangenen tief in ihre feuchte Höhle glitt und wieder ein Stück hinaus, wenn Shirien sich erhob. Hineingezogen in einen Strudel der Lust vergaß ich alle Grenzen, berührte den Penis des Mannes, rieb an Shiriens Kitzler und fuhr mit der anderen Hand vorbei an dem süßen Po meiner Freundin tiefer hinunter zu den prallen Hoden. Ich streichelte sie vorsichtig, während meine andere Hand immer noch an Shiriens Spalte rieb.

Der Si´Amak keuchte immer schneller und heftiger. Ich wagte einen Blick an Shirien vorbei und beobachtete erregt, wie der Mann mit geschlossenen Augen seinen Kopf hin und her warf. Wie gerne wäre ich jetzt an Shiriens Stelle gewesen, um ihn ebenfalls in mir zu spüren! Wenn mich sein bloßer Anblick schon so erregte, was wäre dann erst, wenn ich ihn in mir fühlen könnte? Plötzlich zuckte sein Körper unter Shiriens gespreizten Schenkeln; sie schrie laut auf und ließ sich rückwärts in meine Arme fallen.

»Ich habe seinen Lebenssaft«, keuchte meine Feder lächelnd, als ich sie von dem Mann herunterhob, um sie auf mein Bett zu legen, damit sie sich ausruhen konnte. Beim Anblick ihres glänzenden Körpers, der so einladend und verführerisch vor mir lag, überliefen mich Wonneschauer.

Plötzlich riss mich die leise Stimme des Mannes aus meiner Trance: »Machst du mich jetzt *bitte* los?« Er klang erschöpft und verzweifelt. Wir würden ihn heute nicht mehr beanspruchen, also sah ich keine Notwendigkeit, warum er weiterhin in dieser unangenehmen Lage verweilen sollte.

»Gleich!«, rief ich zu ihm hinüber und zu meiner Freundin gewand sagte ich: »Ich werde dem Si´Amak etwas zu essen holen. Bleib du noch eine Weile liegen, damit sein Samen noch länger in dir wirken kann.«

Kurze Zeit später trat ich mit einem Tablett in die Hütte, auf dem ein großer Krug voll Wasser, verschiedene belegte Brote, Obst und gebratenes Fleisch lagen, und stellte es dem Gefangenen vor sein Bett. Wir ließen ihn von unseren besten Speisen kosten, damit er einen starken und gesunden Samen produzieren konnte.

Shirien lag noch genauso verführerisch da wie zuvor, als ich mich über ihr schönes Haupt beugte, um die Knöpfe auf dem Bedienelement zu drücken.

»Trete niemals über den silbernen Streifen am Boden!«, warnte ich den

Gefangenen, schaltete das Energiefeld der unsichtbaren Wand ein und das Magnetfeld der Fesseln ab. Sofort setzte er sich auf, um sich über die Handgelenke unter den silbernen Ringen zu reiben. Sie saßen streng, aber es war noch genug Luft darunter, damit sie nicht drückten.

Sofort begann er wieder zu reden: »Hab ich das richtig verstanden? Ihr braucht mich, damit deine Freundin schwanger wird? Seid ihr zwei Lesben, die sich ein Kind wünschen? Warum holt ihr euch das Sperma nicht aus der Samenbank? ... Ihr braucht mich doch nicht ans Bett zu fesseln, ich hätte es euch auch so besorgt. Kann ich jetzt gehen?«

Seine vielen Fragen gingen mir auf die Nerven, und als er merkte, dass er keine Antwort erhalten würde, flippte er wieder aus. »Hey! Ich rede mit *euch*! Ich will endlich wissen, was hier gespielt wird!«

»Nana«, flüsterte Shirien mir ins Ohr, »erzähl ihm doch irgendwas, damit er endlich still ist.« Ihrem Blick konnte ich nicht widersprechen.

Also wandte ich mich wieder dem Gefangenen zu. »Du musst deinen Samen in *drei* Frauen pflanzen, und erst wenn er keimt, wirst du erlöst.« Ich durfte ihm nicht sagen, dass er danach starb. Es würde alles nur viel komplizierter machen.

»Drei?! Ihr seid doch nicht ganz richtig im Kopf!«, schrie er und stürzte auf uns zu.

Noch bevor ich ihn warnen konnte, prallte sein nackter Körper gegen die unsichtbare Wand aus konzentrierter Energie. Ein heller Blitz entlud sich, der Si'Amak wurde zurückgeschleudert und landete unsanft vor seinem Bett.

Als ich ihn in diesen wenigen Sekunden erblickt hatte, in denen er aufrecht und mit raubtierhafter Anmut auf uns zukam, hatte mein Herzschlag für einen Moment ausgesetzt. Er schien mir mit einem Mal begehrenswerter als alle Vaikanerinnen zusammen, weshalb ich mir nichts sehnlicher wünschte, als einmal in diesen starken Armen zu liegen, meinen Kopf fest an diese muskulöse Brust geschmiegt.

»Er ist doch noch in Ordnung?«, fragte Shirien entsetzt, während sie sich aufrichtete.

»Keine Angst, meine süße Feder, er wird durch den Energie-Impuls nur kurze Zeit gelähmt sein. Aber wenigstens ist er jetzt ruhig.« Ich streichelte sanft über ihr hübsches Gesicht, das sie auf meine Brust gelegt hatte, worauf ich wieder dieses unbändige Verlangen zwischen den Beinen spürte.

»Oh du starke Nana, ich habe dir noch gar nicht gedankt für deine Hilfe. Dafür will ich dich jetzt belohnen!« Mit einem süßen Grinsen öffnete sie meinen Gürtel, um mir die Hose nach unten zu ziehen. Da ich immer noch vor ihr stand und sie saß, hatte sie meine feuchte Liebesspalte direkt vor dem Gesicht.

88

»Wie ich sehe, hat es dir auch Spaß gemacht!«, kicherte sie, ihren Kopf zwischen meine Schenkel beugend. Ohne Vorwarnung presste sie den warmen Mund auf meine Schamlippen, worauf ihr heißer Atem meinen Unterleib erbeben ließ. Mit ihrer flinken Zunge erforschte sie meine Spalte und leckte genüsslich den süßen Saft aus ihr heraus. Bei diesen Berührungen entkam mir ein lautes Stöhnen, sodass meine Knie butterweich wurden.

»Setz dich, liebe Nana, und genieße«, hauchte sie mir zwischen die Beine, worauf eine wohlige Gänsehaut meinen Körper überzog.

Wir tauschten die Plätze. Jetzt kniete sie vor meinen geöffneten Schenkeln, während ich auf dem schmalen Bett lag, wo ich den Kopf an die Wand lehnte. Hinter Shirien erhob sich der Si´Amak, um sich in sein Bett zu legen. Der Sturz schien ihn nicht verletzt zu haben. Das war gut. Doch weitere Gedanken an sein Wohl konnte ich nicht mehr verschwenden, denn Shirien tauchte wieder in meine Feuchte, leckte und umkreiste die geschwollene Perle, und ich schloss stöhnend die Augen, damit ich ihr zärtliches Spiel noch intensiver genießen konnte.

Shirien war einfach wunderbar! Sie wusste genau, wie es mir gefiel. Ihre Finger bahnten sich den Weg in mein Innerstes, während ihr Daumen fest an meinem Kitzler rieb. Jetzt würde es nicht mehr lange dauern und meine angestaute Lust würde sich wie ein Blitz entladen. Ich blinzelte zu Shirien, die mich zwischen meinen gespreizten Beinen leidenschaftlich bearbeitete, als mich eine Bewegung hinter ihr ablenkte. Der Gefangene saß auf dem Bett und starrte zu uns herüber.

»Wir werden beobachtet«, keuchte ich.

Meine Freundin antwortete mir, ohne in ihren Bemühungen nachzulassen: »Seit wann stört es dich, wenn uns jemand zuschaut?« Ihr warmer Atem auf meinen Schamlippen brachte mich fast um den Verstand.

»Seitdem dieser jemand ein *Mann* ist!«, gab ich es ihr atemlos zu verstehen und zu dem Gefangenen rief ich : »Was glotzt du so?«

Er erhob sich, und ich erkannte, dass seine Schlange wieder zu voller Größe erwacht war. Er stellte sich vor die unsichtbare Wand, darauf konzentriert, ihr nicht wieder so nah zu kommen, nahm den Penis fest in seine Hand und begann in schnellen Bewegungen daran zu reiben.

»Erst hattet ihr euren Spaß, jetzt habe ich meinen!« Er stöhnte, wobei er sich immer heftiger über seinen Speer rieb, so als wollte er ihn polieren. Erstaunlich, dass er schon wieder bereit war, unserer Sucherin war wirklich ein Glücksgriff gelungen!

Es erregte mich ihn so zu sehen; dabei stellte ich mir vor, wie es wäre, wenn *er* jetzt zwischen meinen Beinen liegen würde. Und dann kam ich. Ganz plötzlich und unerwartet durchzuckten Stromstöße meinen Körper, mein Unterleib verkrampfte sich und ich schrie den Gipfel der Lust in der

Sprache der Vorfahren aus mir heraus, ohne die Augen von dem Mann zu nehmen. Fast zeitgleich mit mir kam auch er und sein Samen schleuderte gegen die Wand, auf der sich kleine Fünkchen entluden. Shirien packte meine Beine und legte sie auf das Bett, wobei mein Kopf seitlich an der Wand hinunterrutschte, bis mein verschwitzter Körper ganz auf den Laken lag.

»Jetzt ruhst *du* dich aus, liebe Nana.« Sie gab mir einen Kuss auf den Mund. »Wir sehen uns später!« Dann spazierte sie einfach nackt aus der Hütte, da ihr Kleid noch am Bett des Gefangenen lag.

Der Si´Amak selbst war in der schmalen Tür verschwunden, die den Abort verbarg. Mein Blick fiel auf das zerschlissene Hemd, das noch immer in einer Ecke des Raumes lag. Ich hatte ganz vergessen, es zu entfernen. Also ging ich hin, um es aufzuheben, als eine kleine Karte herausfiel. Neugierig hob ich sie auf.

Steve Bradley stand darauf und *Architekt*. Was war ein Architekt? Ich würde den Si`Amak beizeiten Fragen. Steve … das war also sein Name. Steve … das passte zu ihm.

Am nächsten Tag war Roiya an der Reihe, da sie die Älteste war. Ich hatte mir von ihr das Fläschchen mit dem Öl geholt, um damit den Gefangenen zu waschen. Diesmal war ich nicht mehr so verstört, weswegen ich auch ein paar Mal seine Haut mit den Fingern berührte. Ich war gründlich und ließ mir Zeit. Steve ließ es einfach über sich ergehen. Ich kannte diese seltsame Ruhe. Er dachte nach – überlegte sich einen Fluchtplan. Er war ungewöhnlich kooperativ.

»Warum legst du dich nicht ein wenig zu mir, du Schönheit?« Er hob eine Braue und lächelte durchtrieben. Ich fand seinen Anblick beunruhigend attraktiv.

Er wollte mich um den Finger wickeln, mich verführen – um mich dann zu überrumpeln. Ich wurde davor gewarnt, weshalb ich ihm letzte Nacht ein Schlafmittel verabreicht hatte, aus Furcht, seinen Verlockungen vielleicht nicht widerstehen zu können. »Es ist mir verboten, mich an dir zu erfreuen. Ich bin bloß deine Wächterin, sorge für dein Wohl und deine Pflege.«

Er bedachte mich mit einem glühenden, hypnotischen Blick. »Aber ich fühle doch, dass du es kaum erwarten kannst, meinen harten Schwanz in dir zu spüren. Ich hab es in deinen Augen gesehen, als deine reizende Freundin gestern auf mir geritten ist. Komm zu mir, und ich zeige dir, was du bis jetzt verpasst hast!«

Etwas in seinem Blick ließ einen Hitzestrahl direkt in meinen Unterleib schießen, worauf meine Wangen erglühten. War es so offensichtlich, dass ich ihn begehrte? Das Angebot klang verlockend, doch ich würde nicht darauf reinfallen, weshalb ich mit den Vorbereitungen weitermachte, so als hätte ich ihn nicht gehört. Was mir verdammt schwer fiel. Sein nackter Körper bewirkte, dass meine Fantasie gerade Überstunden machte.

»Wenn ich nur spaßeshalber euer Gefangener wäre, würde mir die Sache hier sogar richtig Lust machen. Ich steh auf so was!« Steve lächelte unsicher.

Was meinte er denn jetzt damit? Gab es wirklich Menschen, die sich das freiwillig antaten? Ich blickte ihn nur ungläubig an. Steve errötete leicht und drehte den Kopf zur Seite.

Endlich hielt er den Mund. Ich war auch so schon aufgeregt genug.

»Ich muss mal«, meinte er nach einer Weile des Schweigens.

Er musste sicher nicht. Er wollte bloß eine Gelegenheit zur Flucht, aber ich gewährte ihm seinen Wunsch. »Du hast fünf Minuten.«

Das gab mir Zeit, meine Gedanken wieder in unverfänglichere Bahnen zu lenken.

Er befand sich schon viel zu lange in der kleinen Kammer. Was machte er da drinnen nur? Ich konnte nichts hören.

»Steve!«, rief ich, doch ich bekam keine Antwort. »Wenn du nicht sofort rauskommst, dann …« Dann was? Würde ich ihn erschießen? Natürlich nicht! Seine Dienste wurden noch gebraucht.

»Steve! Komm endlich raus da!« Wieder nichts. Langsam machte ich mir Sorgen. »Verdammt, er hat sich doch nicht …«, murmelte ich. »Steve!«

Nachdem ich die Energie-Wand deaktiviert hatte, holte ich die Guna aus dem Gürtel. Steve war unbewaffnet und in dem Raum befand sich nichts, mit dem er mich ernsthaft verletzen konnte. Außerdem war ich eine ausgebildete Kriegerin und er nur ein Architekt, was auch immer das war. Doch er sah stark aus, weshalb ich langsam auf die Tür zuschritt, den Lauf der Guna immer darauf gerichtet.

»Steve, komm endlich raus! Ich ziele auf dich und werde abdrücken, wenn du mir Schwierigkeiten machst!« Die Lage war nicht sehr angenehm, schließlich durfte ich ihn nicht lebensgefährlich verletzen.

Mit einem Fuß stieß ich die Holztüre auf. Steve lag mit dem Bauch auf dem Boden und rührte sich nicht. Ich konnte es förmlich riechen – es war eine Falle! Sein Kopf zeigte in meine Richtung, und ich erkannte, dass er die Augen geschlossen hatte. Seine Arme lagen leicht angewinkelt vor seinem Gesicht. Ohne ein Geräusch zu verursachen, schlich ich mich direkt vor ihn und stieg mit meiner Ferse auf einen seiner Finger. Obwohl ich barfuß war, würde mein Gewicht darauf mehr als schmerzen. Doch er zuckte nicht einmal. Entweder war er total abgebrüht, hatte eine verdammt gute Körperbeherrschung oder war wirklich nicht mehr bei Bewusstsein.

Ich betrachtete eine Weile seine muskulöse Rückansicht und überlegte, wie ich jetzt weiter verfahren sollte. Als ich den Fuß von seiner Hand nahm, schnappte er zu. Sein fester Griff umklammerte meinen Fußknöchel, und mit einem schnellen Ruck riss er mich zu Boden, sodass ich hart auf den Rücken aufschlug. Meine Guna jedoch hielt ich sicher in der Hand, aber nur bis zu dem Moment, als er sich auf mich warf und mir die Luft zum Atmen nahm. Was nicht nur an seinem Gewicht lag, sondern vor allem an der Tatsache, dass es sich verdammt gut anfühlte ihn auf mir zu spüren.

Fast ohne Widerstand bekam er meine Waffe zu fassen. Ich wollte diesen Moment einfach noch länger auskosten, weshalb ich ihn in dem Glauben ließ, er könne mir damit drohen. Die Guna ließ sich nämlich nur von ihrem Besitzer abfeuern, denn sie war mit einem biometrischen Identifikationsmesser ausgerüstet und auf meine Handgefäßstruktur geeicht, die bei jedem Menschen einzigartig ist.

Steve hielt mir die Waffe an den Kopf. Er war mir so nah – ich hätte ihn am liebsten auf die vollen Lippen geküsst. Sein nackter Körper trug mich in höhere Sphären. Mit geschlossenen Augen inhalierte ich seinen warmen Atem, wobei sich das Kribbeln zwischen meinen Beinen zu einem angenehmen Pochen ausweitete. Wie sehr es mich doch nach einer feurigen Paarung verlangte! Warum nur hatte Ilaja einen Mann anschleppen müssen, der so unerträglich gut aussehend war?

»Du machst mir jetzt diese ätzenden Ringe ab und dann werde ich aus dieser Türe rausspazieren. Und ich schwöre dir, sollte mich jemand aufhalten, dann drücke ich ab!«, zischte er, doch in seinen Augen glitzerte die Unsicherheit. Nein, er war definitiv kein Krieger!

Ich blieb ganz ruhig, war gefesselt von dem erotischen Augenblick – eine Gefangene meiner sexuellen Fantasien.

»Hörst du nicht, ich schwöre dir, ich drücke ab!«

Und ob ich ihn hörte! Ich lauschte der interessanten Stimme, die jedoch unendlich weit weg zu sein schien. In meinem Kopf drehte sich alles. Leider konnte ich diesen fantastischen Moment nicht noch länger auskosten, denn Roiya würde schon vor Ungeduld zerspringen. Also zog ich, ohne dass er es bemerkte, mein Messer aus dem Gürtel, und drückte ihm den kalten Stahl der Klinge in den nackten Rücken. »Gib auf, Steve. Du kannst die Waffe nicht abfeuern. Du hast keine Chance gegen mich.« Sanft lächelte ich ihn an und blieb so ruhig, wie ich es vermochte, denn seine aufdringliche Nähe wirbelte alles in mir durcheinander.

Für einen Wimpernschlag wankte er in seinem Entschluss, doch dann wanderte er mit dem Lauf der Guna hinab zu meinem Oberschenkel. Meine Haut prickelte an den Stellen, wo der kühle Lauf der Waffe entlangfuhr. »Du bluffst doch nur, hast Angst, dass ich wirklich abdrücke! Lass mich gehen oder ich schieße dir ins Bein. Ich will dir nicht wehtun, Nana!« Er flehte

92

mich fast an, und ich erkannte, dass er mir wirklich nichts tun wollte. Mir stockte der Atem. Vielleicht empfand er auch ein klein wenig Zuneigung für mich?

Steves Augen wurden glasig. »Bitte Nana, mach es mir nicht so schwer. Nimm das Messer weg oder ich drücke ab!«

»Dann drück ab!« Ich wollte sehen, wie weit er gehen würde, auch wenn mir sein trauriger Anblick beinahe das Herz zerriss.

»Nana … bitte!« Er klang verzweifelt. »Ich will dir nichts tun. Ich möchte nur meine Freiheit zurück!« Ich spürte sein aufgeregtes Herz wild gegen seine Brust schlagen. »Ich zähle bis drei, dann drücke ich ab!«

Ich wartete gespannt, während ich seinen männlichen Duft inhalierte und vor Verlangen beinahe verging. Wie sehr ich ihn begehrte!

»Eins … zwei …« Er schloss die Augen. »Nana, bitte! Deine letzte Chance!«

Ich wartete weiter.

»Drei!« Als er den Abzug betätigte, stieß er gepresst den Atem aus.

Nichts passierte.

»Glaubst du mir jetzt, Steve?« Ich drückte ihm das Messer noch etwas fester in den Rücken, worauf er wieder seine stechend blauen Augen öffnete. Alle Hoffnung war daraus verschwunden. Mit einem Mal wirkte er unendlich traurig und verzweifelt, weshalb ich ihn am liebsten gehen gelassen hätte. In seiner Hilflosigkeit berührte er mein Herz am meisten. Verdammt, war ich etwa gerade dabei mich in diesen Unbekannten zu verlieben? Das durfte niemals geschehen! Das würde alles nur schlimmer machen.

Ich entriss ihm die Waffe und schubste ihn von mir herunter. Während ich auf ihn zielte, befahl ich ihm, sich wieder auf die Pritsche zu legen.

»Nana, bitte lass mich doch einfach gehen!«, flehte er mich an. »Früher oder später werden Leute nach mir suchen …«

»… und dich niemals finden«, vervollständigte ich seinen Satz.

Ich konnte meine Augen nicht von dem nackten Körper nehmen. Immer wieder wanderte mein Blick von der starken Brust über den muskulösen Bauch, hinunter zu seinem Penis. Seine Haare waren definitiv zu lang. Sie mussten ab! »Jetzt leg dich wieder aufs Bett!«

Steve stand auf, dabei schaute er mir hilflos in die Augen. Er bewegte sich keinen Millimeter. Roiya würde in ihrer Ungeduld vielleicht noch die Hütte stürmen! Ich durfte nicht zulassen, dass sie uns in dieser Situation erwischte. Sie würde meine Fähigkeiten als Wächterin infrage stellen.

Steve machte weiterhin keine Anstalten, sich wieder auf das Bett zu legen. Mir blieb keine andere Wahl – ich drückte ab. Das Projektil schoss knapp an seinem Ohr vorbei, worauf es nach verbrannten Haaren roch. Jegliche Farbe wich aus seinem Gesicht, während er ein paar Schritte zurücktaumelte, bis er ans Bett stieß. Ohne weiteren Widerstand legte er sich hin und ich betätigte schnell den Knopf, um Steve wieder zu fixieren.

Vor der geschlossenen Türe hörte ich aufgeregte Stimmen. »Nana! Wir haben einen Schuss gehört. Ist alles in Ordnung?« Es war Shirien.

»Macht euch keine Sorgen, ich habe hier alles unter Kontrolle! Ich bin bald fertig!« Mein Herz raste wie wild.

»Dann machen wir mit unseren Tänzen weiter«, rief Roiya. »Und beeil dich!«

Meine Guna, die ich immer noch in den zitternden Händen hielt, verschwand wieder im Gürtel. Ich setzte mich zu Steve ans Bett. Er wirkte wie versteinert und starrte einfach nur die Decke an. Als ich mit einer Hand über seine Brust fuhr, zuckte er kurz unter der Berührung zusammen.

»Ich hätte dich niemals verletzt, Steve«, hauchte ich, wobei ich ihm einen Kuss auf die Stirn drückte. Wie schwer es mir fiel, ihm all das anzutun!

Wortlos schloss er die Augen und wandte sein Gesicht von mir ab. Diese Geste schmerzte mich unwahrscheinlich. Er sollte mich nicht für barbarisch halten. Ja, in Wahrheit wollte ich, dass er mich ebenso sehr begehrte wie ich ihn.

»Soll ich in der Hütte bleiben?«, fragte ich Roiya, in der Hoffnung, sie würde mir nicht anmerken, wie gerne ich sie bei ihrem Liebesspiel beobachtet hätte.

»Nicht nötig, Nana. Ich bin nicht so ängstlich wie deine liebe Shirien!« Sie lächelte mich überheblich an.

»Nun gut, dann warte ich vor der Hütte. Du brauchst nur zu rufen und ich bin sofort bei dir.«

Roiya blieb sehr lange bei dem Si´Amak. Langsam wurde ich nervös. Ich lief bestimmt schon zum hundertsten Mal um die Wächterhütte. Ab und zu vernahm ich ein dumpfes Stöhnen durch die dicke Holztür, das definitiv von Roiya stammte, dann war es längere Zeit beunruhigend still.

Und plötzlich hörte ich Steve schreien. Er schrie aus Leibeskräften, panisch, verrückt. Erschrocken eilte ich auf die Tür zu, doch bevor ich sie öffnen konnte, kam Roiya schon heraus. Sie lächelte zufrieden.

»Was hast du mit ihm gemacht?«, funkelte ich sie an. Ich wusste, Roiya war zu allem fähig. Sie war unberechenbar und hatte schon so einige Intrigen geschmiedet.

Hinter ihr schrie Steve immer noch.

»Gar nichts«, meinte sie maliziös und spazierte erhobenen Hauptes an mir vorbei.

»Hast du ihn etwa verletzt?!«, rief ich ihr aufgebracht nach.

Sie drehte sich noch einmal kurz um; ihre Augen funkelten diabolisch: »Nur mit Worten!«

94

Als ich in den Raum stürzte, fand ich Steve völlig aufgelöst vor. Er schrie und zerrte an den Ringen. Sein Kopf war knallrot angelaufen, da er versuchte, sich loszureißen, doch der Ring um seinen Hals nahm im die Luft zum Atmen. Seine Panik war so groß, dass er es nicht einmal bemerkte.

Ich rannte zu ihm hin, schrie ihm ins Gesicht: »Steve, was hast du?«, doch er nahm mich nicht einmal wahr und bäumte seinen Körper immer wieder auf.

Das Schreien mutierte zu einem erstickten Gurgeln, doch er zog immer noch. Sein Kopf war schon dunkelrot, die Augen blutunterlaufen. Ich holte aus, um ihm mit der flachen Hand ins Gesicht zu schlagen. Das half. Seine Muskeln entspannten sich, und er ließ sich schwer keuchend zurücksinken. Vollkommen erschöpft lag er auf den verschwitzten Laken der Pritsche und eine Träne löste sich aus seinem Augenwinkel. Dieser Anblick und der rote Abdruck meiner Finger auf seiner Wange, schnürten mir das Herz ein. Ich wollte ihn nur noch befreien, mit ihm zusammen fliehen, und nie wieder auf unseren Planeten zurückkehren. Wäre Shirien nicht gewesen, hätte ich es vielleicht auf der Stelle getan. Niemand hatte mich davor gewarnt, wie schwer es für mich als Wächterin werden würde. Mein Herz war nicht so kalt wie das der anderen Kriegerinnen, doch ich hatte es mein Leben lang vor meinem Volk verborgen. Nur Shirien wusste, wer ich wirklich war. Nur ihr hatte ich mich anvertraut. Für alle anderen war ich die starke Kriegerin ohne Skrupel und Gewissen.

Mit den Fingerspitzen streichelte ich über sein Gesicht. »Verzeih mir, Steve. Ich möchte dir das nicht länger antun, aber … ich muss.«

Bevor ich die Fixierung aufhob, schob ich den Riegel vor die Türe. Steve lag immer noch kraftlos da. Er war viel zu schwach, um zu fliehen. Mit der Zunge befeuchtete ich meinen Zeigefinger, tauchte ihn in ein winziges Täschchen, das in meinen Gürtel eingearbeitet war, und hatte ein weißes Pulver an der Fingerspitze kleben. Dann nahm ich den Wasserkrug, tauchte den Finger hinein, rührte damit um und goss ihm etwas in einen Becher.

Das Pulver pur eingenommen, tötete einen Menschen innerhalb von Sekunden, verdünnt wirkte es als Schlafmittel, und wenn es noch niedriger konzentriert war, diente es als Beruhigungsmittel. Das würde Steve jetzt brauchen, damit er mir erzählen konnte, was passiert war. Von Roiya würde ich ja doch nichts erfahren.

Mit der linken Hand glitt ich unter seinen Kopf, um ihn nach oben zu ziehen, damit ich ihm den Becher an die Lippen legen konnte. »Trink einen Schluck, dann wirst du dich gleich besser fühlen.«

Steve starrte immer noch vor sich hin, hörte aber anscheinend meine Worte, worauf er ein paar Schlucke des kühlen Wassers nahm. Er zitterte. Auf seinem ganzen Körper breitete sich eine Gänsehaut aus. Er stand definitiv unter Schock. In diesem Zustand würde er keine Gefahr für mich sein. Also half ich ihm aus der Pritsche, indem ich einen Arm um ihn legte, und er schaffte es die wenigen Meter durch den Raum bis zu meinem Bett. Ich musste ihm frische Laken aufziehen. Sie waren total nass. Was hatte Roiya nur mit ihm angestellt?

Während Steve in meinem Bett lag und zu schlafen schien, holte ich frische Laken aus meiner Kammer. Das Pulver wirkte bei ihm besser, als ich dachte, also wusch ich anschließend noch seinen Körper in aller Ruhe. Bevor ich ihn jedoch wieder in sein Bett hievte, zückte ich noch einmal meine Klinge, um ihm damit die Bartstoppeln und sein viel zu langes Schamhaar zu stutzen.

Als die Sonne langsam am Horizont unterging und das unendlich weite Grasland in ein orangerotes Licht tauchte, nahm ich ein schnelles Bad im Fluss und spazierte dann splitternackt zurück in die Wächterhütte. Die Mädchen hatten sich schon in ihre Behausungen zurückgezogen und auch mich überkam die Müdigkeit.

Steve lag immer noch schlummernd auf der Pritsche. Nur sein linker Arm war am Rand des Bettes fixiert, damit er es ein wenig bequemer hatte. Nachts wollte ich ihn ganz von den Fesseln erlösen, denn die Energiewand bot ausreichend Schutz vor einem möglichen Angriff. Also drückte ich die Knöpfe, löschte das Licht der Öllampe, legte mich selber ins Bett und zog die Laken über meinen nackten Körper. Steves unverkennbarer, männlicher Duft war überall darin, was mein Herz heftig zum Klopfen brachte.

Ich vergrub das Gesicht in den Laken, um sein erotisches Parfum zu inhalieren. In meinen Gedanken stellte ich mir vor, wie Shirien auf ihm geritten war, was auch ihn sichtlich erfreut hatte. Meine Hand wanderte unter die Decke, die unerträglich pochende Stelle zwischen meinen Schenkeln suchend. Ich brauchte Erlösung und zwar möglichst schnell. Meine Schamlippen waren schon feucht von meinem Saft und geschwollen. Ich rieb über meine Klitoris und seufzte verlangend. Unweigerlich musste ich zu Steve hinüberblicken. Das silberne Mondlicht fiel durch das kleine Fenster über dem Bett und erhellte sein Gesicht. Ich wollte noch einmal seinen Körper erblicken, ihn mir genauer ansehen, mir jedes Detail einprägen. Er würde es nicht bemerken, wenn ich ihm das Laken wegzöge. Das Pulver wirkte lange.

Also drückte ich abermals den Schalter neben meinem Kopf, um die Wand zu deaktivieren, hielt es dann aber doch für klüger, wenigstens wieder seinen linken Arm zu fixieren. Man konnte nie wissen. Dann schlich ich mich zu ihm.

Steve schien zu träumen. Im bleichen Licht bewegten sich seine Augen

96

unter den Lidern, sein Atem ging schnell und unregelmäßig. Sein hektisches Keuchen erregte mich, machte mich schwindlig. Langsam zog ich ihm das Laken über die Brust, immer tiefer nach unten über seinen Nabel und den Penis, bis es nur noch die Unterschenkel bedeckte. Erst jetzt fiel mir auf, dass ich mich schon die ganze Zeit zwischen den Beinen gestreichelt hatte und meine Feuchte an den Schenkeln hinablief.

Steve war so wunderschön. Mutter Natur hatte ihn reich beschenkt. Um ihn besser sehen zu können, kniete ich mich vor das Bett und hatte seinen Penis direkt vor Augen. Bis jetzt hatte ich es noch nicht gewagt, ihn während der Waschungen direkt zu berühren, doch mein Verlangen danach wuchs mit jeder Sekunde, die ich länger am Bett verweilte. Ich erinnerte mich wieder daran, wie er sich angefühlt hatte, als Shirien auf ihm gesessen und ich sie zwischen den Beinen gestreichelt hatte.

Und dann setzte mein Verstand aus. Ohne über mögliche Konsequenzen nachzudenken, legte ich mich auf seinen warmen Körper. Die ruhende Schlange drückte auf meine geschwollene Perle, und ich musste unweigerlich stöhnen. Steve schlief. Er würde nicht bemerken, was ich da tat. In diesem Glauben begann ich mich auf ihm zu reiben, küsste seinen Hals, streichelte die muskulöse Brust, und schon nach wenigen Augenblicken durchfuhren Blitze meinen Körper. Ich schrie den Höhepunkt neben Steves Ohr in das Kissen, damit er nicht durch die hölzerne Türe nach draußen gelangen konnte. »Oh Steve, wie sehr ich dich begehre! Wieso darf ich keine Auserwählte sein?«, wisperte ich.

Atemlos, aber entspannt, blieb ich noch eine Weile auf ihm liegen, fühlte, wie das Pochen zwischen meinen Beinen langsam verebbte, und erschrak furchtbar, als ich Steves Stimme an meinem Ohr vernahm: »Ich werde dich verraten, Nana! Und dann werden sie *dich* töten!«

Wie gelähmt blieb ich weiter auf ihm liegen. Mein Herz raste, diesmal nicht vor Lust, sondern aus Angst, weil er alles mitbekommen hatte. »Wie meinst du das?«, flüsterte ich nach einer Weile, immer noch unfähig, mich von ihm zu lösen.

»Deine Freundin hat mir alles erzählt. Dass du mich töten wirst, wenn die drei Mädchen schwanger geworden sind. Und dass es dir strengstens verboten ist, dich mit mir einzulassen, sonst wirst *du* getötet!«

Mein Magen fühlte sich an, als hätte mir jemand mit der Faust hineingeschlagen. Roiya, dieses Miststück! Darüber hatte Steve sich heute so aufgeregt! »Steve«, flehte ich, »bitte sage es niemandem!«

Er schlang den rechten Arm um meinen Rücken, um mit mir zusammen auf die linke Seite zu rollen. Jetzt lag ich auf dem fixierten Arm und er auf mir. Ich war wie erstarrt – konnte mich nicht wehren.

»Wer oder was gibt euch das Recht mich hier gefangen zu halten wie einen Sklaven, mich zu demütigen und anschließend zu töten? Eigentlich seid *ihr* es, die bestraft werden müsst. Ich soll euch Leben schenken und zum Dank soll ich meines geben? Nein, Nana! Das werde ich nicht zulassen!«

Zum ersten Mal in meinem Leben spürte ich, was es bedeutete, Angst zu haben. Wie tausend kleine Spinnen kroch sie an meinem Rücken nach oben in den Kopf, wo sie eine eisige Fährte auf meiner Haut hinterließ.

»Bitte, Steve … du darfst mich nicht verraten«, bat ich ihn immer und immer wieder. Jetzt lag mein Schicksal allein in seinen Händen. »Ich hätte dich niemals getötet! Und außerdem wird es niemals deine Freiheit bedeuten, wenn du mich verrätst. Eine neue Wächterin wird statt meiner zu dir kommen.«

Mit dem ganzen Gewicht seines Körpers drückte er mich auf die Matratze. Seine rechte Hand fuhr über meine Hüfte nach oben und dort, wo sie mich berührte, hinterließ sie eine Spur aus Feuer. Als er über meine Brust strich, reckten sich ihm meine Knospen sofort entgegen, während ich mir die lustvollsten Dinge ausmalte. Seine Hand glitt weiter nach oben, machte an meinem Hals halt und drückte zu. Diesmal hatte ich keine Waffen bei mir, um mich aus seinem Griff zu befreien. Steve war viel stärker als ich. Es erregte mich, ihm so hilflos ausgeliefert zu sein, und das verwirrte mich. Plötzlich fielen mir seine merkwürdigen Worte wieder ein: *Wenn ich nur spaßeshalber euer Gefangener wäre, würde mir die Sache hier sogar richtig Lust machen. Ich steh auf so was!*

»Wie fühlt sich das an, Nana?«, hauchte er. Das Pochen zwischen meinen Schenkeln war wieder da. »Wie ist es, so wehrlos zu sein?«

Es war wunderbar! Obwohl ich unendliche Angst hatte, dass er mich verriet, erregte mich seine warme Hand auf meinem Körper mehr als alles andere. Ich musste unweigerlich stöhnen. Er fuhr mit der Hand wieder nach unten, wobei er abermals meine Brust streifte, umkreiste meinen Bauchnabel, drückte den Venushügel und glitt mit einem Finger in meine feuchte Spalte. Fast hätte ich aufgeschrien, doch ich biss mir auf die Zunge. Ein metallischer Geschmack breitete sich in meinem Mund aus.

Immer schneller und fester stieß er den Finger in mich hinein, rieb mit dem Daumen über den geschwollenen Kitzler, und ich hob meinen Körper seiner Hand entgegen.

»Ja … genieße es, denn morgen wirst du sterben!« Er stöhnte mir ins Ohr und der Beweis seiner Begierde drückte sich fest an meinen Oberschenkel.

»Ich könnte dir niemals etwas antun, Steve. Bitte glaube mir!« Unter seinem Gewicht und den flinken Bewegungen der Finger keuchte ich auf. Immer mehr entglitt ich der Realität und wurde eine Gefangene der Leidenschaft, so wie es bei mir immer war, wenn mich die Lust übermannte und

98

ich mich vollkommen fallen ließ. So war es mir bis jetzt nur bei Shirien gegangen.

»Bitte Steve, mach mit mir was du willst, wenn ich mich nur einmal an dir erfreuen darf!« Ich flehte ihn direkt an, mit mir zu schlafen, worauf ich die Beine weit spreizte, damit er verstand, was ich wollte. »Bitte!«

Seine Härte presste sich ungeduldig gegen meine feuchte Öffnung. »So oft du willst, du süßes Geschöpf«, sagte er und stöhnte, als er in mich eindrang.

Erst erschrak ich, weil ich dachte, sein Penis wäre viel zu groß für mich, doch dann genoss ich die tiefen Stöße. Steve nahm mich hart, während ich die schwellenden Muskeln und die seidige Haut seines Oberkörpers streichelte. Ich glaubte, in einem Nebel aus sinnlicher Glut zu schweben, drückte seinen Körper zur Seite, sodass ich wieder auf ihm saß, und gemeinsam ritten wir unserem Gipfel entgegen.

Beide lagen wir atemlos da, ich immer noch auf ihm, und schwiegen. Keiner wollte sich vom anderen lösen. Ich fühlte mich auf seinem Körper wohl und geborgen, weshalb ich seine Warnung verdrängte, dass er mich verraten würde. Ich wollte dieses Gefühl noch ein wenig länger genießen. In Gedanken malte ich mir aus, ich wäre sein wehrloses Opfer und er der harte Krieger, der meinen Körper für seine lüsternen Zwecke benutzte, so wie es ihm gefiel … Steve hatte recht. Das machte Lust.

Ich weiß nicht, wie viel Zeit vergangen war, doch ich musste schon fast auf ihm eingedöst sein, als er plötzlich etwas in mein Ohr flüsterte. »Ach Nana, warum bin ich bloß dein Gefangener? Wenn wir uns doch unter anderen Umständen kennengelernt hätten.« Mit seinem freien Arm drückte er mich noch ein bisschen fester auf sich. Ich spürte seinen warmen Atem in meinen Haaren. »Nana …«

»Steve …«, hauchte ich.

»Du schläfst noch nicht?« Sein Körper spannte sich an. Sofort ließ er mich los.

»Ich habe alles gehört. Ich werde dich freilassen, wenn es so weit ist. Das schwöre ich dir! Und ich stehe immer zu meinem Wort.« Es war mir wirklich ernst. Steve hatte es innerhalb kürzester Zeit geschafft, meine Prinzipien zu Fall zu bringen. Dieser Mann war mir wichtiger geworden als die Gesetze unseres Volkes.

»Nein. Schwören hilft da nichts. Du musst es mir beweisen!«, forderte er.

»Wie kann ich das?« Was hatte er vor? Heckte er schon wieder einen neuen Fluchtplan aus?

»Befreie mich von diesen Ringen und lege sie dir selber an. Nur wenn du mir vollkommen vertraust, glaube ich auch an deine Loyalität.«

»Nein, das kann ich nicht.« Mein Herz pochte schneller. Hatte ich mir das nicht gerade in meiner Fantasie ausgemalt?

99

»Dann werde ich dich verraten.«

»Du wirst fliehen, wenn ich dich losmache!« Ich setzte mich auf. Der Mond erhellte noch immer unsere Körper, doch sein Blick verriet mir, dass es auch ihm ernst war.

»Nein, ich werde sicher nicht fliehen, das schwöre ich dir! Ich möchte nur, dass auch du einmal fühlst, was ich empfunden habe.« Er fuhr mit den Fingern sanft über meine Wange. »Vertraue mir. Ich halte immer, was ich verspreche!«

In seinen Augen, die im Mondlicht wie geschmolzenes Silber glänzten, lag die Wahrheit.

»Aber vorher musst du mir noch eine Frage beantworten.«

Steve blickte mich erstaunt an. »Was willst du wissen?«

»Was ist ein Architekt?« Ich musste es einfach erfahren, um ganz sicherzugehen. Was wäre, wenn ein Architekt doch ein Krieger war oder ein hinterhältiger Spion? Irgendwas, was mir zum Nachteil gereichen konnte?

Auf seinen Lippen zeichnete sich ein Lächeln ab. »Du weißt nicht, was ein Architekt ist?«

Ich schüttelte den Kopf, denn dieses Wort gab es in unserer Sprache nicht. Steve bemerkte, wie nervös mich das machte.

Zum ersten Mal hörte ich ihn lachen. Es tat so gut, ihn derart fröhlich zu sehen, worauf ein Schwarm Schmetterlinge wie wild in meinem Bauch umherflatterte. Heilige Mutter, sah Steve gut aus, wenn er mal nicht so ernst schaute!

»Ein Architekt plant und baut Häuser«, gab er mir schmunzelnd zu verstehen. »Was hast du denn gedacht?«

»Ah, du bist ein Baumeister?« Ich war erstaunt, welch wertvollen Fang uns Ilaja beschert hatte. Die Baumeister genossen in unserem Volk sehr großes Ansehen, aber stellten keine Gefahr für mich dar. »Äh … ich dachte … du bist vielleicht auch ein Krieger. Du bist so groß und … stark.« Zum Glück konnte er im Mondlicht nicht mein Gesicht sehen.

»Ich kann dein starker Krieger sein, wenn du willst«, hauchte er.

Steve presste mich mit sanfter Gewalt auf die Pritsche. Jetzt war ich das Opfer – die Gefangene. Ich trug die Ringe. Er drückte meine Schenkel auseinander, sodass ich mit gespreizten Beinen vor ihm lag. Meine Arme legte er über den Kopf.

»Genau so möchte ich dich haben, meine wilde Amazone.« Seine Stimme klang sanft, aber gefährlich.

Mein Herz raste. Ich schloss die Augen. Noch hatte ich Zeit, um aus dem Bett zu steigen, doch ich blieb. Plötzlich konnte ich mich nicht mehr bewegen. Steve hatte auf den Schalter gedrückt. Nackt und verwundbar lag ich

100

vor ihm. Als ich die Augen wieder öffnete, stand er über mir mit meinem Messer in der Hand! Im bleichen Lichtschein des Mondes funkelte es gefährlich. Panik überkam mich, mein Puls dröhnte in meinen Ohren. Er hatte mich reingelegt! Gleich würde er die Klinge in meine Brust rammen, um sich dafür zu rächen, was mein Volk ihm angetan hatte!

»Steve, bitte nicht ...«, flehte ich ihn leise an, und diesmal war ich es, bei der sich eine Träne löste. Genau wie er es am Tag zuvor getan hatte, zerrte ich an den Ringen, doch sie bewegten sich keinen Millimeter. Verdammt, was hatte ich mir nur dabei gedacht? Meine Leidenschaft und die unwiderstehliche Verlockung seines Körpers hatten mich geblendet.

Heute würde ich sterben.

»Vertraue mir«, flüsterte er liebevoll, während er mir mit einer sanften Bewegung die Träne von der Wange strich. »Ich werde dir nicht wehtun.«

»Steve, was ...« Der Ring um meinen Hals und meine unsagbar große Angst nahmen mir die Luft zum Atmen. Jetzt wusste ich, wie er sich gefühlt hatte. Es war furchtbar! Erniedrigend. Demütigend.

»Psst!« Er legte einen Finger auf seine Lippen und das Messer auf meinen nackten Bauch. Der kalte Stahl ließ mich zusammenzucken. Was hatte er mit mir vor? Welch grausames Spiel wollte er mit mir treiben, bevor er mich umbrachte? »Ich bin dein Krieger«, flüsterte er, »und du meine wehrlose, hübsche Gefangene.«

In einer Ecke der Hütte fand er sein Hemd, von dem er einen langen Streifen Stoff abriss. Damit verband er mir die Augen. Meine Panik verbrannte mich mit zügellosen Flammen und am liebsten hätte ich jetzt aufgeschrien, doch ich konnte nicht, war wie gelähmt. Mein ganzer Körper bebte und zitterte unter meiner Angst. Ich lauschte angestrengt, doch hörte ich nur seine schnellen Atemzüge, dicht an meinem Ohr, und das Rauschen des Blutes in meinen Adern. Als ich die Spitze des Messers am Oberschenkel spürte, stieß ich einen erstickten Schrei aus! Doch Steve drückte seine Hand auf meinen Mund.

»Still jetzt, oder möchtest du ein nasses Tuch in den Rachen gestopft bekommen? Du sprichst nur, wenn ich dich etwas frage oder es dir erlaube!« Er klang bedrohlich, dennoch zitterte seine Stimme etwas.

Vorsichtig glitt er mit der scharfen Klinge, die auf der Haut bestimmt feine Kratzer hinterließ, an meinem Bein entlang. Es machte mich fast wahnsinnig, dass ich mich kein bisschen bewegen konnte. Ich wünschte mir, er hätte meine Beine nicht so weit gespreizt, denn so lag der verwundbarste Teil meines Körpers vollkommen schutzlos vor ihm. Ich betete im Geheimen zur Heiligen Mutter und flehte die Göttinnen um Gnade an. Mochten sie mir einen schnellen Tod bescheren!

»Du hast auf mich geschossen ... und du hast mir etwas abgeschnitten, du

Luder«, flüsterte er, doch ich verstand jedes Wort.

»Es waren doch nur ein paar Haare …« Meine Stimme war kaum mehr als ein Wimmern.

»Hab ich dir nicht verboten zu sprechen?«, zischte er mich an, wobei er kurz die Hand an meinen Hals legte. Da war es wieder, dieses angenehme Gefühl. Und hatte er mir nicht versprochen, er würde mir nichts antun? Ich versuchte, mich zu entspannen und fest darauf zu vertrauen, dass Steve ein ehrlicher Mensch war, auf dessen Wort Verlass war.

Es war alles nur ein Spiel. Ein lustvolles, erregendes Spiel …

Mit der Schneide fuhr er vorsichtig über meinen Schamberg. »Leider hast *du* dort nichts, was ich *dir* abschneiden könnte.«

Was wollte er? Sein teuflisches Spiel brachte mich fast um den Verstand.

Behutsam blies er mir seinen Atem in meine geöffnete Spalte. Der warme Lufthauch erzeugte ein angenehmes Kribbeln in meinem Unterleib.

»Dann muss ich mir etwas anderes ausdenken, um mich daran zu rächen, dass du an meinem Schwanz rumgeschnippelt hast!«

Ich hörte, wie das Messer klirrend auf den Boden fiel, worauf ich erleichtert die Luft ausstieß. Wieder hätte ich beinahe aufgeschrien, als er plötzlich beide Brustwarzen zwischen die Finger nahm und zudrückte. Ein kurzer Schmerzenslaut entfuhr meiner Kehle, doch das Pochen meiner Scham nahm zu. Irgendwie gefiel mir, was er da tat, und meine Weiblichkeit verlangte nach mehr.

Steve umklammerte meine Brüste, massierte sie, knetete sie. Ja, das war gut! Immer mehr entspannten sich meine Muskeln, und mein Herz raste jetzt nicht mehr aus Panik, sondern weil es mich erregte, was er mit mir tat.

Auf einmal fühlte ich seinen Mund auf meinen harten Knospen, die er mit den Zähnen neckte, mit der Zunge umspielte, um dann wieder fest an ihnen zu saugen. Ich stöhnte hemmungslos auf.

»Ja, das gefällt dir«, murmelte er, während sein harter Penis auf meinen Oberschenkel drückte.

Plötzlich wollte ich ihn in mir spüren. Ich war schon wieder ganz nass zwischen den Beinen, erregt und geschwollen. Außerdem machte es mich wahnsinnig, dass er mich dort nicht berührte.

Mit der Zunge glitt er langsam tiefer, so als hätte er gerade meine Gedanken gelesen. Beim Bauchnabel hielt er inne, leckte ihn aus, umrundete ihn ein paar Mal spielerisch, und fuhr dann weiter hinab. Doch meine Scham sparte er aus, leckte knapp daran vorbei, fuhr tiefer, um an den Innenseiten meiner Schenkel zu saugen.

»Steve … Du bist ein Schuft!« Ich stöhnte unter den aufregenden Berührungen.

»Ich hatte dir doch verboten zu sprechen! Das muss bestraft werden!« Er

102

klang kalt, doch es war nur gespielt. Ich spürte seine Lust – seine Härte presste sich an meine Öffnung. Wieder stöhnte ich laut auf. Ja, genau da wollte ich ihn haben!

»Dann werde ich mir einmal diese feuchte Pussy da unten vornehmen. Sie wird deine Strafe empfangen«, hauchte er in meine gespreizte Weiblichkeit, ohne sie zu berühren. Ich hob ihm meine Hüften entgegen so weit es die Ringe zuließen, damit er endlich an mir leckte, doch er wich zurück.

»Nein, nicht so schnell, meine kleine Amazone, ich habe es mir anders überlegt. Du sollst noch etwas länger leiden!« War da ein belustigter Unterton in seiner Stimme?

»Mistkerl«, zischte ich.

»Hast du was gesagt?«

Ich schüttelte nur den Kopf.

Er rutschte höher, kam über mich, und mit einem Mal spürte ich seinen Schaft an meinem Mund.

»Aufmachen!«, befahl er. Ich gehorchte, war neugierig, wie er sich anfühlen würde. Ich wusste, wie eine Frau gebaut war, hatte Shiriens Spalte schon in vielen Nächten mit den Fingern und meiner Zunge erforscht, doch ein Penis war absolutes Neuland für mich. Mein Herz pochte wild vor Aufregung. Steve schob ihn einfach rein. Ich kostete ihn mit der Zunge, schmeckte seine Lusttropfen.

»Sauge! Massiere ihn mit deinem Mund!« Seine Befehle klangen immer sanfter, erregter. Es schien ihm zu gefallen, wenn er auf diese Art mit mir sprach. Ich musste zugeben, dass ich es ebenfalls genoss.

Abermals leistete ich seinen Worten Gehorsam. Sein Geschlecht fühlte sich gut an. Glatt. Heiß. Ich saugte und lutschte seinen Schwanz, während Steve über mir stöhnte. Wie gerne hätte ich ihn jetzt berührt! Meine Vagina pochte – verlangte endlich nach der erlösenden Befriedigung.

»Ja, das machst du gut!« Er zog seinen Schaft schnell aus meinem Mund. »Und jetzt probiere ich dein anderes Loch.«

Ja bitte!, wollte ich schreien, doch ich beherrschte mich, wollte nicht, dass er es dann nicht tat, nur um mich noch länger leiden zu lassen.

»Doch erst möchte ich von deinem Saft kosten.«

Als er den Mund auf meine Schamlippen presste, stockte mir der Atem. Mit den Fingern zog er die leicht geöffnete Spalte noch weiter auf, dehnte sie, erforschte sie mit seinen Händen. Was er dort tat, war einfach unglaublich! Seine Zungenspitze neckte meinen Kitzler, ließ mich beinahe kommen, zog sich dann wieder zurück, um anschließend in meine Vagina zu stoßen.

Stöhnend und zuckend lag ich vor ihm, wollte, dass er weiter an meiner Klitoris rieb, bis ich kam. »Steve …«, flehte ich atemlos, »mach noch mal das mit deiner Zunge!«

103

»Du hast ja schon wieder was gesagt! Du kennst wohl keinen Gehorsam? Das muss auf der Stelle bestraft werden!«

Verdammt, warum hatte er mir bloß die Augen verbunden? Was hatte er jetzt schon wieder vor? Ich spürte ihn nicht mehr an meiner Haut. Doch ganz plötzlich, ohne Vorwarnung, stieß er seinen Schwanz in mich hinein. Ein kurzer Schmerz durchzuckte meinen Unterleib, als er die erste Enge mit der großen Eichel überwand, dann hämmerte er schnell in meine Spalte. Er nahm mich hart, wild und unersättlich in Besitz.

Um noch tiefer zu kommen, hob er mein Becken an. Unsere Genitalien lagen dicht beieinander, meine gefesselten Beine zuckten. Er zog sich wieder vollkommen aus mir heraus, und meine Nässe schmatzte, als er erneut zustieß und bis zum Anschlag in mich eindrang. Meine Enge pulsierte, schlang sich um seinen Penis, wollte ihn festhalten, doch er zog sich immer wieder aus mir zurück. Es war zum Verrücktwerden. Er spielte mit mir, quälte mich.

»Steve, ich ertrage diese süße Folter nicht mehr länger!« Ich flehte um Erlösung, die er mir nicht gewährte.

Immer schneller stieß er, massierte meine Brüste, und plötzlich spürte ich seine Lippen auf meinem Mund. Seine Zunge wollte hineingelassen werden und ich nahm sie auf. Zärtlich und liebevoll durchwanderte er meine Mundhöhle, wobei diese Sanftheit im totalen Gegensatz zu dem stand, was er bisher mit mir angestellt hatte. Da war wieder dieses merkwürdige Kribbeln in meiner Magengegend.

Das Gefühl, das seine Küsse bei mir hervorriefen, war überwältigend! Sie schmeckten nach ungezügelter Begierde. Ich kostete von Steve, dessen warmer Mund so ganz anders war als der von Shirien. Viel wilder, feuriger und unersättlich. Steve schmeckte auch anders, er schmeckte … nach Mann!

Seine ruckartigen Stöße verloren plötzlich an Energie, wurden sanfter. »Nana«, stöhnte er, und es klang voller Liebe. »Oh, Nana …«

Dann kam er. Sein Unterleib erbebte, der Penis zuckte in mir und sein warmer Samen ergoss sich in meinen Körper, wobei Steve einen Laut ausstieß, der mich an das Knurren eines gefährlichen Tieres erinnerte. Er pumpte noch ein paar Mal, dann ließ er sich atemlos auf mich sinken, während meine Weiblichkeit nach Erlösung schrie – doch ich traute mich nicht, ihn darum zu bitten. »Steve, mach mich wieder los. Ich habe meinen Teil der Abmachung erfüllt, nun sei so fair und halte deinen Teil auch ein.« Es enttäuschte mich, dass er meinen Körper einfach genommen hatte, ohne mein Verlangen zu stillen – aber das war jetzt egal. Obwohl mein Unterleib immer noch erwartungsfroh pochte, wollte ich nur noch befreit werden.

»Nein! Ich werde dich nicht losmachen!« Das klang sanft, aber autoritär.

Meine Panik wollte wieder aufflammen. »Aber … Du hast es mir ver-

104

sprochen!« Ich kam mir so hilflos vor. Meine Arme, die über dem Kopf fixiert waren, schliefen schon langsam ein, und die Augenbinde drückte unangenehm. Ich wollte meine Freiheit wieder!

»Ich bin noch nicht fertig mit dir!« Da war er wieder, dieser kalte Befehlston! »Du bist meine Gefangene, schon vergessen?«

Er zog sein halb erschlafftes Glied aus mir heraus, rutschte an mir herunter zu der Stelle, die immer noch vor Erwartung kribbelte, und steckte seine Finger in meine Vagina.

»Geil und feucht!«, kommentierte er, während er mein Loch dehnte.

Sofort hob ich ihm wieder die Hüften entgegen, doch er zog sich abermals aus mir zurück. Ihm schien dieses Spiel wahrlich zu gefallen.

»Was soll das?« Langsam machte er mich wütend. Er ließ mich einfach nicht kommen.

»Bitte mich«, forderte er.

»Was?« Ich verstand nicht.

»Du sollst mir sagen, wie ich dich berühren soll. Mich darum bitten!« Er kitzelte meine Klitoris mit der Zunge, umkreiste sie dann wieder, zog sich zurück.

»Steve …« Alles in mir schrie nach Erlösung, es war zum Verrücktwerden. Doch es würde mich zutiefst erniedrigen, wenn ich ihn darum bäte. Diese Freude wollte ich ihm nicht machen. »Steve … Bitte!« Er reizte mich bis an den Rand des Wahnsinns!

»*Bitte*, was? Du musst schon genauer werden!«

Er war grausam, quälte mich, doch hätte ich in diesem Augenblick nirgendwo anders sein wollen. »Bitte leck mich«, presste ich hervor. Ich hielt diese süßen Qualen nicht mehr länger aus.

»Lauter!«, befahl er. »Ich habe dich nicht verstanden!«

Natürlich hatte er das. »Du sollst mich endlich lecken, verdammt noch mal, du grausamer Folterknecht!«, schrie ich fast. Ich war mir ziemlich sicher, dass er grinste, konnte seine Genugtuung förmlich auf mir spüren. Jetzt hatte er mich da, wo er mich haben wollte.

»Warum nicht gleich so?«

Und endlich erlöste er mich. Steve presste seinen Mund auf meine Schamlippen, saugte an der Klit und tastete meine Vagina mit den Fingern aus, während er abwechselnd an meinem Kitzler leckte oder ihn hart mit dem Daumen rieb.

Und dann kam ich. Lange und heftig. Ich bäumte mich unter ihm auf, zuckte, stöhnte, und gerade noch rechtzeitig erstickte Steve meine lustvollen Aufschreie unter dem Kissen, das er mir sanft auf den Mund presste.

Als das Rauschen des Blutes in meinen Adern und das Dröhnen des Pulses nachgelassen hatten, lauschte ich angestrengt in die Dunkelheit.

»Steve?« Wo war er? Hatte er die Hütte verlassen?

Doch noch während ich mir das Schlimmste ausmalte, wurde das Magnetfeld deaktiviert. Schnell riss ich mir die Binde von den Augen und erkannte Steve, wie er an meinem Bett bei der Aktivierungseinheit stand. Seine Hand ruhte immer noch auf den Knöpfen. Mein Herz raste. Würde er die Energiewand aktivieren und die Gelegenheit zur Flucht nutzen?

Zögerlich blickte er mich an. Ich saß wie erstarrt auf dem Bett und wagte kaum zu atmen.

Nach einer Weile, die mir wie die Unendlichkeit vorkam, ließ er endlich die Hand sinken und verschwand in meiner Kammer. Sofort sprang ich auf, löste die Ringe von den Gelenken und lief auf meine Seite der Hütte – in Sicherheit.

Kurze Zeit später betrat er wieder den Raum. Wir standen uns gegenüber, nackt, wie Mutter Natur uns geschaffen hatte, und wussten nicht, wie wir mit dieser neuen Situation umgehen sollten.

Plötzlich zog Steve mich in die Arme, drückte mir einen zögerlichen Kuss auf die Lippen und drängte mich hinab auf meine Pritsche. Dort legte er sich neben mich, hielt meinen Körper fest, und ohne weitere Worte zu wechseln schliefen wir beide ein.

Ich verstand seinen Standpunkt. Er würde von nun an kein Gefangener mehr sein.

Diese Nacht war der Beginn einer ganz besonderen Beziehung. Tagsüber kam ein Mädchen zu ihm, um seinen Samen zu empfangen, und nachts lagen wir in wilder Umarmung beieinander. Während sich Roiya und Lahila an Steve erfreuten, schlich ich jedes Mal ruhelos um die Wächterhütte oder stattete Shirien einen Besuch ab, um mich von den neidvollen Gedanken abzulenken. Steve war wie eine Droge für mich geworden, von der ich nicht die Finger lassen konnte.

Die Einzige, mit der ich Steve gerne teilte, war meine süße Shirien. Jedes Mal, wenn sie Steve bestieg, lud sie mich ein mitzumachen. Und es fiel mir verdammt schwer, meiner lieben Freundin die gewissenhafte Wächterin vorzuspielen. Ich hatte ihr gegenüber sogar ein sehr schlechtes Gewissen. Es war, als würde ich sie mit Steve betrügen, obwohl Shirien und ich uns niemals etwas versprochen hatten.

Der Mond stand groß und voll am klaren Nachthimmel und tauchte Dalarius sowie das umliegende Grasland in ein gespenstisches Licht. Es war schon sehr spät, und in den Hütten der Mädchen brannte seit geraumer Zeit keine Lampe mehr. Nur das Zirpen einiger Insekten und das Rascheln des Steppengrases im Wind waren zu hören. Steve stand hinter mir, ungeduldig von einem Bein auf das andere hüpfend, als er mit mir durch den Türspalt lugte.

106

Seitdem wir ein Verhältnis miteinander und uns gegenseitig ein Versprechen zu erfüllen hatten, war er ein sehr kooperativer Gefangener geworden. Doch auch er konnte nicht den ganzen Tag in der Hütte eingesperrt bleiben. Zur Mittagszeit, wenn die Mädchen ruhten, führte ich ihn im Dorf herum, damit er die Beine bewegen und Sonnenlicht tanken konnte. Schließlich musste er gesund bleiben – ebenso sein Samen.

Lahila hatte uns heute mit einem der drei Shuttles verlassen und war in die Stadt zurückgekehrt, wo sich von nun an die besten Medizinfrauen und Pflegerinnen um sie kümmern würden. Darüber war ich sehr froh. Steves Samen war bei ihr sehr schnell auf fruchtbaren Boden gefallen, weshalb ich inständig zur Heiligen Mutter betete, dass es auch bei Roiya bald so weit war. Sie mochte mich nicht. Würde sie die Wahrheit herausfinden, hätte ich nicht mehr lange zu leben und Steve bekäme eine neue Wächterin. Eine, die ihn mit Sicherheit nicht verschonen würde.

»Nana, auf was wartest du?«, drängte mich Steve. »Shirien und Roiya schlafen sicher schon tief und fest.«

»Ich hoffe, du hast recht.« Ich hatte ein merkwürdiges Gefühl in der Magengegend. Es war viel zu riskant. Doch ich konnte Steve verstehen. »Wir gehen am besten zwischen den Hügeln zum Fluss. Dort wird uns niemand bemerken.«

Steve und ich tauschten die Plätze, worauf ich mit gezogener Waffe hinter ihm aus der Tür schlich. Sollte uns wider Erwarten jemand überraschen, würde er keinen Verdacht schöpfen. Trotzdem hatte ich Steve die Ringe abgemacht. Er trug sie nur noch, wenn die Mädchen ihn besuchten.

Als wir an den niederen Mauern des Dorfes ankamen, hinter denen sich der tiefe Graben mit den Speeren befand, hielten wir an, damit ich den Steg ausfahren konnte. Während ich an dem Rad drehte, welches das Holzbrett über den Abgrund senkte, bemerkte ich, wie Steve auf einen im Mondlicht weiß leuchtenden Schädel starrte, der vor dem Übergang auf einem Pfahl steckte.

»Das also wäre mein Schicksal, wenn ich dein Leben nicht in der Hand hätte.« Obwohl er flüsterte, verstand ich alles. Seine Worte brachten mir eine Gänsehaut ein und es schmerzte mich, dass er ernsthaft glaubte, ich wäre jetzt noch dazu in der Lage ihm so etwas Furchtbares anzutun. »Ich hätte dich niemals töten können und das weißt du.«

»Da bin ich mir nicht so sicher.« Schweigend balancierte er über den Abgrund.

Mein Herz verkrampfte sich. In den letzten Wochen hatte ich mich in Steve verliebt. Vielleicht war es aber auch schon geschehen, als ich ihn im Shuttle das erste Mal erblickt hatte. Deshalb trafen mich seine harten Worte sehr. Er vertraute mir anscheinend immer noch nicht ganz, was ich ihm auch nicht übel nehmen konnte.

Steve marschierte um den großen Hügel und als wir außer Sichtweite waren, befestigte ich meine Guna wieder am Gürtel. Schweigend lief ich hinter ihm her, seine muskulösen Beine bewundernd, die in den schwarzen Hosen besonders gut zur Geltung kamen. Seitdem ich den Körper eines Mannes kannte, fragte ich mich, wie ich mich jemals zu einer Frau hatte hingezogen fühlen können. Nicht, dass ich Shirien nicht mehr mochte – doch reizte mich ihr schöner Körper bei Weitem nicht mehr so wie früher. Er übte auf mich nicht die Anziehung aus wie es Steves männliche Figur tat. Trotzdem dachte ich gerne an unsere gemeinsame Zeit und die geteilten Freuden zurück. Arme Shirien. Es tat mir weh, sie zu belügen.

Das Plätschern des Flusses wurde immer lauter, und schon bald konnten wir das Wasser erkennen, das sich im Mondlicht wie eine funkelnde Schlange seinen Weg durch die Ebene bahnte. Sofort entledigte sich Steve seiner Hosen und stürzte sich in das erfrischende Nass, um ein paar Bahnen zu schwimmen.

Verträumt verfolgte ich seine athletischen Bewegungen. Kein Wunder, dass ich ihn einmal für einen Krieger gehalten hatte. Sein Körper war sehr durchtrainiert. Wie er mir anvertraut hatte, brauchte er sportliche Betätigung als Ausgleich für seine Arbeit. Als Architekt verbrachte er schließlich viele Stunden sitzend. Jetzt wusste ich auch um seine Körperbeherrschung, als ich ihm einst mit meiner Ferse auf den Finger gestiegen war. Denn um Körper und Geist in Einklang zu halten, meditierte er täglich. Was wahrscheinlich auch der Grund war, warum er es hier so lange aushielt, ohne durchzudrehen. Außerdem schien er Gefallen an dem Liebesakt mit den Mädchen gefunden zu haben, was mich sehr schmerzte. Aber er war ein Mann in den besten Jahren, ungestüm und voller Leidenschaft, da war es ihm nicht zu verdenken.

Plötzlich stellte er sich auf. »Komm auch rein, Nana! Das Wasser ist herrlich!« Seine verführerische Brust ragte aus dem Fluss. Steve sah aus wie die Versuchung selbst. Das Wasser tropfte von den schwarzen Haaren und bahnte sich funkelnd einen Weg über den stählernen Körper. Er wirkte derart verführerisch und unglaublich anziehend, dass ich seinem Wunsch nicht widerstehen konnte. Schnell entledigte auch ich mich der Kleidung, blickte mich aber noch einmal um, da ich glaubte, etwas gehört zu haben. Doch da war niemand. Vielleicht nur ein kleines Tier, das durch das Gras gehuscht war, oder die milde Nachtluft, die die Büsche zum Rascheln brachte. Also stürzte ich mich ebenfalls in das klare Nass.

Steve und ich alberten herum wie ein frisch verliebtes Paar, nur dass ich mir ziemlich sicher war, dass er nicht dasselbe für mich empfand wie ich für ihn. Ich liebte ihn. Seine ganze Art, seinen Humor, seinen Körper, den Sex

108

mit ihm. Und der Gedanke, ihn eines Tages nicht mehr um mich zu haben, brachte mich beinahe um. Natürlich ließ ich mir das vor Steve nicht anmerken.

Plötzlich wurde er ernst, zog mich in seine Arme und drückte mich fest an sich. Ich spürte seine harte Erregung, und sofort breitete sich eine Hitze in mir aus, die mich die Kälte des Wassers vergessen ließ. Er küsste mich fordernd und leidenschaftlich. Langsam öffnete ich den Mund, um seine Zunge willkommen zu heißen. Während unsere Lippen miteinander verschmolzen, hob er mich in seine Arme, trug mich aus dem Fluss und legte mich in das weiche Gras.

Seine Finger waren überall an meinem Körper, seine Zunge umspielte meine Brustspitzen, mit dem Knie teilte er meine Beine und forderte ungeduldig Einlass. Sofort verlor ich wieder die Beherrschung, worauf ich mich voll und ganz den wilden Liebkosungen hingab. Steve ließ mich vergessen, wo ich war, wer ich war und was ich war. Ich fühlte nur noch reine Ekstase, Verzückung und seine seidige Haut.

Mitten in diesem Sinnesrausch vernahm ich auf einmal ein deutliches Schluchzen. Ich war sofort voll da! Atemlos stieß ich Steve von mir herunter und erblickte gerade noch den Saum eines weißen Kleides, das hinter dem Hügel verschwand.

»Verdammt!« Jetzt schien alles verloren. Jemand hatte uns beobachtet!

Steve hatte wohl nichts bemerkt, daher verstand er meine Reaktion nicht. »Nana, ist alles in Ordnung? Habe ich dir wehgetan?«

»Nichts ist in Ordnung«, fluchte ich, packte meine Kleidung und die Waffen. »Wir wurden beobachtet, und ich bete zur Heiligen Mutter, dass es nicht Roiya war!«

Jetzt begriff auch Steve, schlüpfte in die Hosen und lief hinter mir her den Hügel hinauf, auf dem die zwei Shuttles standen. Sie waren verschlossen. Wer immer uns gesehen hatte, hatte noch nicht die Königin verständigt.

Mit klopfendem Herzen ließ ich den Blick über Dalarius schweifen und sah gerade noch, wie in einer der Hütten das Licht erlosch. Ich wusste, wer darin wohnte, weshalb ich dieser Person auch gleich einen Besuch abstatten wollte. Noch schienen wir nicht verloren.

Gemeinsam liefen Steve und ich den Abhang hinunter. »Was hast du vor?« Steve hörte sich genauso aufgeregt an, wie ich mich gerade fühlte. Das Gespräch, das ich gleich führen musste, würde mir nicht leicht fallen.

»Ich muss mit dem Mädchen reden. Geh du zurück in die Wächterhütte und schließe die Türe. Falls keine Hoffnung mehr besteht, hole ich dich und wir fliehen gemeinsam.«

»Warum verschwinden wir nicht gleich, Nana?«, flehte mich Steve an, als ich mit ihm über den Steg schritt.

Der Totenkopf grinste mich höhnisch an. »Jetzt geht es noch nicht. Alle müssen denken, dass ich dich getötet habe, bevor ich zu meinem Volk zurückkehre. Sonst werde ich hingerichtet.« Aber das war nicht der einzige Grund. Wenn ich Steve das Leben schenkte und ihn mit dem Schiff in seine Welt zurückbrachte, gab es für mich sowieso keine Heimat mehr. Ich würde meinen Planeten nie mehr sehen. Doch bevor es so weit war, musste ich noch eine Sache bereinigen.

Nachdem Steve wieder in der Hütte war – ohne ihn zu fixieren, denn das war nicht mehr nötig –, öffnete ich leise Shiriens Tür und fand sie schluchzend in ihrem Bett.

»Shirien«, flüsterte ich, als ich mich zu ihr setzte. Behutsam streichelte ich über ihre schwarzen Locken, doch sie schlug trotzig meine Hand zur Seite.

»Oh, Nana. Bitte geh und lass mich alleine!« Ihr Schluchzen wurde nur noch lauter, und sie vergrub ihr Gesicht tief im Kissen.

»Ich werde nicht gehen. Nicht, bevor du mir sagst, was los ist.« Natürlich wusste ich, was mit ihr los war. Sie hatte Steve und mich lange genug beobachtet, um zu wissen, was zwischen uns lief.

Langsam richtete sie sich auf und blickte mich verzweifelt an. Das Licht des Mondes erhellte den Raum, sodass ich den Schmerz in ihren Augen deutlich wahrnehmen konnte. Niemals wollte ich meine süße Freundin so sehr verletzen. Doch jetzt war es zu spät. Ich konnte meine Taten nicht mehr rückgängig machen.

»Sag, Nana, liebst du ihn?« Obwohl sie jetzt ruhig und beherrscht klang, wusste ich, was sie in diesem Moment für Qualen litt. Dafür kannte ich sie zu gut.

Trotzdem wollte ich sie jetzt nicht anlügen. Ich war ihr die Wahrheit schuldig. »Ja, ich liebe ihn«, flüsterte ich. Zum ersten Mal sprach ich das aus, was ich für Steve empfand.

Shirien schluchzte einmal laut auf. »Mir hast du nie gesagt, dass du mich liebst.« Sie wirkte sehr bedrückt und unendlich traurig.

»Oh du süße Feder, du bist eine der wichtigsten Menschen in meinem Leben!« Ich zog sie vorsichtig an mich und streichelte ihren Rücken. Natürlich hatte ich sie geliebt. Sehr sogar, obwohl ich es ihr nie gestanden hatte. Auch jetzt empfand ich noch viel für sie, weshalb es mir das Herz brach, sie so leiden zu sehen.

»Nur *eine* deiner wichtigsten Menschen? So gerne hätte ich gewollt, dass du mit mir zusammen unser Kind erziehst.« Sie legte den Kopf an meine Brust und weinte bittere Tränen.

»Oh Süße, das wusste ich nicht!« Unser Kind. Arme Shirien. Jetzt konnte auch ich meine Gefühle nicht mehr unterdrücken. Gemeinsam hielten wir uns fest und versuchten, uns Trost zu spenden. Wir ließen den Tränen freien

110

Lauf, bis ich plötzlich ihre Lippen auf den meinen spürte. Leidenschaftlich drückte sie sich auf mich, worauf sofort wieder dieses Verlangen zwischen meinen Schenkeln entbrannte, das Steve entfacht hatte. Während sie meinen Gürtel öffnete, leckte sie über die salzigen Spuren auf meiner Haut. Erinnerungen an gemeinsame, ungezügelte Liebesspiele prasselten auf mich ein, und ich riss ihr das Kleid förmlich vom Körper, bevor ich mich anschließend selbst entkleidete. Wieder drückte sie mich ungestüm zurück auf das Bett, um ihre Lippen auf die aufgerichteten Knospen meiner Brüste zu senken.

»Oh Shirien, süße Shirien …«, stöhnte ich, als sie sanft einen Finger in mein Innerstes schob. Immer weiter glitt ihre Zunge nach unten, während sie mit dem Daumen meine Perle massierte und dabei mit zwei Fingern hart in mich hineinstieß. Und endlich hatten ihre Lippen meinen feuchten Schoß erreicht. Mein Körper bebte vor Verzückung, und noch bevor ich wusste, was geschah, wich meine Anspannung, die sich in einem lustvollen Höhepunkt befreite.

Plötzlich stand Steve in der Tür. Groß und mächtig zeichnete sich seine Silhouette im Türrahmen ab, was ihn zu einer imposanten und gefährlichen Gestalt machte. Mein Herz setzte bei diesem Anblick einen Schlag aus. Er wirkte so … männlich! Unverwundbar und mächtig!

»Nana, was machst du da?« Seine tiefe Stimme donnerte durch den Raum. Erst schien er erstaunt – dann zornig. Und für einen kurzen Moment glaubte ich Eifersucht in seinem Blick zu erkennen.

Shirien wich ängstlich vor ihm zurück. »Oh Nana, der Si`Amak! Er wird uns umbringen!« Am ganzen Körper bebend, zog sie die Decke bis zu ihrer Nasenspitze und drückte sich an die Wand hinter dem Bett.

»Hab keine Angst, Shirien. Er wird dir nichts tun.« Behutsam umarmte ich sie, um sie zu beruhigen. Zu Steve gewand sagte ich: »Was hast du hier zu suchen? Du sollst doch die Hütte nicht verlassen. Was, wenn Roiya dich sieht?«

»Du warst so lange weg und … Ach, verflucht!« Er machte auf dem Absatz kehrt und verschwand in der Dunkelheit.

Hatte er sich etwa Sorgen um mich gemacht? Nein, bestimmt nicht. Es war sicher nur die Angst um sein eigenes Leben. Schnell packte ich meine Sachen und drückte Shirien einen Kuss auf die Wange. »Wir sehen uns ja dann morgen.« Ohne mich anzuziehen, lief ich hinter Steve her, der gerade in der Wächterhütte verschwunden war. Zum Glück. Für einen kurzen Moment dachte ich, er wollte fliehen.

Steve lag auf dem Bett. Schnell verriegelte ich die Tür, warf mein Kleiderbündel und die Waffen neben die Pritsche, zog die Vorhänge vor die Fenster und ging hinüber zu ihm. Auch das Fenster über seinem Bett dunkelte ich ab, so wie ich es immer tat, wenn ich mich an ihm erfreute, damit uns niemand beobachten konnte. Doch Steve drehte mir nur den Rücken zu. Was war nur los mit ihm? »Steve, was hast du?« Doch er blieb stumm und rührte sich nicht. »Steve, bitte sprich mit mir!«

»Ist das deine Art jemanden zu überreden, damit er den Mund hält? Wie ein billiges Flittchen!« Er sprach, ohne sich umzudrehen. Er klang verletzend. Doch das Wort *Flittchen* kannte ich nicht.

»Steve, was meinst du?« Was hatte er plötzlich?

»Ich meine dein Liebesspiel mit Shirien. Bringst du die Menschen immer auf *diese* Weise zum Schweigen? Machst du es bei mir genauso? Bietest du mir deinen Körper an, nur um mich hinzuhalten?«

»Du bist eifersüchtig!« Er schien doch etwas für mich zu empfinden, was über sexuelles Verlangen hinausging. Das brachte mein Herz zum Strahlen. Eine Schar Schmetterlinge vollführte in meinem Bauch einen wilden Flug.

»Warum sollte ich auf eine *Frau* eifersüchtig sein? Oder kann ich es dir nicht mehr richtig besorgen?« Er klang gekränkt.

»Steve, bevor du in mein Leben getreten bist, gab es nur Frauen um mich herum. Du bist der erste *Mann* in meinem Leben und dem Leben der Mädchen. Shirien und ich waren so was wie ein Paar. Sie liebt mich und war sehr verletzt, als sie uns zusammen sah. Ich habe ihr nie irgendwelche Versprechungen gemacht, doch sie glaubte, dass ich mit ihr das Kind erziehen würde. Ich wollte sie nur trösten, und da ist es plötzlich …«

Schweigend drehte er sich zu mir um. Also redete ich weiter. »Außerdem halte ich dich nicht hin. Wir haben uns ein Versprechen gegeben, das ich auch gedenke einzuhalten. Du bedeutest mir sehr viel, Steve.« Sollte ich ihm meine Liebe gestehen? Nein, das hätte vielleicht alles nur komplizierter gemacht. »Doch Shirien kenne ich schon, seit ich denken kann. Sie war meine Familie, bevor du in mein Leben getreten bist. Jetzt ist sie natürlich sehr gekränkt.«

»Ich verstehe. Wenn ich mir so vorstelle, wie es wäre ganz ohne Frauen …« Er schüttelte sich und zog mich in seine Arme.

Ich war erleichtert, weil er anscheinend meine Situation verstanden hatte. Beruhigt schlief ich an seiner Brust ein.

Lustvoll hatte ich Steve auf die Vereinigung mit Shirien vorbereitet. Beide hatten wir uns sehr beherrscht, bei der Waschung nicht übereinander herzufallen. Nur mit Mühe konnte ich Steve erklären, dass er seinen Samen für Shirien aufheben musste, damit sie ein Kind empfangen konnte. Je schneller sein Samen fruchtete, desto eher würde er frei sein.

Ein zögerliches Klopfen verriet mir, dass Shirien bereit war, worauf ich sie hereinließ. Sofort verriegelte ich wieder die Tür und bemerkte auch gleich ihren ängstlichen Blick. »Er ist nicht fixiert! Wo sind seine Ringe?«, fiepste sie

112

am ganzen Körper zitternd.

»Keine Angst, meine Süße. Er wird dir nichts tun.« Ich umschloss ihre Hand, um sie zu Steves Bett zu ziehen. Vorsichtig zog ich ihr das Kleid über den Kopf. Steve blickte begierig auf ihre großen Brüste, und ein Stich durchbohrte mein Herz. *Warum hat Mutter Natur mich nicht auch so üppig ausgestattet?*, dachte ich.

»Oh, Nana, ich kann das nicht alleine!« Mit bebenden Händen drückte sie mir das gelbe Fläschchen in die Hand. »Mach du das für mich.«

Steve grinste mich an. Als Shirien begann, mich auszuziehen, sah ich, wie seine Männlichkeit wuchs. Dieser Schuft! Ihm schien es wohl sehr große Freude zu bereiten, von zwei Frauen gleichzeitig verwöhnt zu werden. Zum Glück war es Shirien und keine andere. Ihr konnte ich mich genauso ausliefern wie Steve.

Mit voller Hingabe verteilte ich das Öl auf seinem Penis. Steve schloss die Augen. Offensichtlich genoss er seine erotische Massage. Durch das Auf und Ab schwoll sein Glied unter meinen geschickten Fingern auf seine volle Größe an, was mich ungemein erregte. Dann drehte ich mich zu meiner Freundin um, die immer noch leicht ängstlich neben mir stand, und fuhr mit der öligen Hand zwischen ihre Beine.

Als ich ihre weichen Lippen mit dem Öl einrieb, klammerte sie sich wie eine Ertrinkende an meine Schultern. »Oh, Nana«, hauchte sie. »Meine Beine wollen mich nicht mehr tragen.«

Schnell legte ich ihr einen Arm um die Hüften, um sie neben Steve auf das Bett zu heben. Anschließend kniete ich mich zwischen die zwei, damit ich mit meiner rechten Hand Steves Schaft massieren konnte, während meine linke in Shiriens Spalte tauchte. Der Anblick dieser beiden schönen Menschen, die so erregt und vollkommen losgelöst vor mir lagen und die ich so sehr begehrte, raubte mir die Sinne. Beide blickten stöhnend zu mir auf, wobei sie ihre Hüften meinen öligen Händen entgegendrückten. Schon bald ergoss sich ein feuchter Schwall meiner Lust zwischen meine Schenkel, denn dieses ungewohnte Liebesspiel ließ auch mich vor Verlangen vergehen.

Plötzlich zuckte Shirien unter meinen Liebkosungen und ihre Anspannung wich einer tiefen Befriedigung. Fast hätte ich vergessen, dass Steve ja seinen Samen in sie schießen musste, worauf ich sofort seinen Penis losließ. Steve protestierte, packte mich und legte mich neben Shirien auf das Bett. Ohne zu zögern drückte er mit dem Knie meine Beine auseinander und drang ruckartig in mich ein.

»Nein, Steve, du musst Shirien …« Mit seinen herrlichen Lippen verschloss er meinen Mund.

Ich spürte seinen heißen Atem in mir, als er sprach: »Ich werde, wenn es so weit ist. Versprochen.« Er war sehr erregt und küsste mich unersättlich.

Es fühlte sich so unwahrscheinlich gut an von ihm ausgefüllt zu werden, dass ich Shirien neben mir total vergaß. Mein heißer Schoß wurde von Wellen der Lust umspült, und ich vergrub meine Finger in Steves vollem Haar, um ihn noch fester an mich zu ziehen.

Plötzlich spürte ich eine weitere Hand auf meinem Körper. Shirien hatte sich an meine Seite gerollt, um an meinen Brüsten zu spielen. Während Steve meine Arme über dem Kopf festhielt und seine Härte tief in mich versenkte, hatte Shirien ihren Kopf auf meinen Busen gelegt und saugte an meinen Brüsten. Ohne Vorwarnung entlud sich bei mir ein heftiger Orgasmus. Die verschiedenen Empfindungen rissen mich in einen Strudel voller Ekstase. Noch bevor das Pochen in meinem Unterleib nachgelassen hatte, zog Steve sich plötzlich aus mir zurück, riss Shirien von mir herunter und drang mit einem lauten Keuchen in sie ein. Mit geschlossenen Augen stöhnte er meinen Namen, während er sich in Shirien ergoss. Dann sank er erschöpft zwischen unsere verschwitzten Körper.

Zufrieden kuschelte ich mich an Steves rechte Seite, legte ein Bein über seinen wohlgeformten Hintern und ihm einen Arm über den Rücken. Shirien tat es mir auf seiner linken Seite gleich und reichte mir ihre Hand. In völliger Entspannung schliefen wir alle drei ein.

Ein hölzernes Klopfen riss mich aus meinen süßen Träumen. Heilige Mutter! Wir hatten Roiya total vergessen! Schnell weckte ich Steve und Shirien, zog mich hastig an und legte Steve die Ringe um, bevor ich zur Tür eilte.

Als Roiya die Hütte betrat, stieß sie mich misstrauisch zur Seite. »Was macht ihr so lange?« Ihr Blick ruhte auf dem gefesselten Si`Amak.

Steve versuchte einen gequälten und erschöpften Gesichtsausdruck hinzubekommen. Beinahe hätte ich gelächelt, wenn die Situation nicht so ernst gewesen wäre.

»Shirien ist eingeschlafen und ich wollte sie nicht wecken.« Das war nicht einmal gelogen.

»Sie durfte sich mehrmals an ihm erfreuen, nicht wahr? Deswegen hat es so lange gedauert!«, zischte sie mich maliziös an. »Du bevorzugst sie eindeutig!«

»Roiya, ich sage die Wahrheit!«, rief ich empört, hoffte aber, dass sie den verräterischen Flecken auf meiner Wange keine Beachtung schenkte.

Zornig und um Beherrschung bemüht, drehte sie sich um und verließ die Hütte. Wir alle atmeten erleichtert auf.

Von dem Tag an mussten wir noch vorsichtiger sein, da Roiya jeden unserer Schritte zu überwachen schien. Sobald ich die Wächterhütte verließ, klebte sie auch schon an meiner Ferse. Sogar Steve schien beunruhigt. Im gefiel der Ausdruck in Roiyas Augen nicht.

Und dann war er plötzlich da – der Moment, der mein weiteres Leben veränderte.

Mit einem bestialischen Grinsen im Gesicht spazierte Roiya eines Tages aus der Wächterhütte, als sie sich wieder einmal an Steve erfreut hatte. »So, Nana. Wir können aufbrechen. Es wird höchste Zeit, dass wir nach Hause kommen.«

Mit gerunzelter Stirn blickte ich sie an. »Willst du damit sagen, du hast schon ein Kind empfangen?«

»Genau so ist es, liebe Nana.« Zufrieden strich sie ihr Kleid glatt.

Wieso war sie dann noch mal bei Steve? Aber darüber wollte ich mir jetzt nicht den Kopf zerbrechen. Dafür war ich viel zu aufgeregt. »Dann bringe ich dich gleich zum Shuttle.« *Danke, Heilige Mutter!* Endlich hatten wir sie los!

»Nicht nötig, Nana. Wir können alle gehen«, meinte sie überheblich, wobei sie siegessicher lächelte.

Irgendetwas stimmte hier nicht. Ich hatte Roiya noch nie so gut gelaunt gesehen. »Aber Shirien …«

»Deine liebe Shirien war schon in freudiger Erwartung, als Lahila uns verlassen hat!«

»Aber …« Jetzt verstand ich gar nichts mehr.

»Jetzt tu nicht so, als hättest du nichts davon gewusst!« Roiya war so zornig, dass ihr Kopf dunkelrot anlief. »Vor mir brauchst du nicht die Überraschte zu spielen!«

In diesem Moment kam Shirien auf uns zugelaufen. »Was ist passiert?«

»Stimmt es … Du bist schwanger?« Ich konnte einfach nicht glauben, dass Shirien so etwas vor mir verheimlichen würde.

Plötzlich standen Tränen in ihren Augen. »Verzeih mir, Nana. Aber ich konnte dich einfach nicht verlassen. Du weißt doch, wie sehr ich dich liebe!«

»Da! Ich wusste es doch! Ihr macht gemeinsame Sache!«, schrie Roiya zornig.

Ich beachtete sie nicht weiter, denn ich hatte nur noch Augen für Shirien.

»Aber Shirien … ich verstehe nicht …«

Sie warf sich um meinen Hals, um mir mit erstickter Stimme ins Ohr zu flüstern: »Nana, ich glaube, ich kenne dich fast so gut wie du dich selbst. Deswegen wusste ich, dass du Steve nie töten könntest. Und das bedeutet, dass du nicht zurück zu unserem Volk kannst. Ich wollte unsere gemeinsame Zeit noch so lange genießen wie möglich.« Arme Shirien – was hatte ich ihr nur angetan? Mein Magen zog sich krampfhaft zusammen.

Roiya riss an meinem Arm. »Können wir jetzt endlich aufbrechen?«

»J-ja, natürlich.« Vorsichtig löste ich mich von Shirien. »Ich muss mich erst

115

noch um den Si`Amak kümmern,« antwortete ich ihr geistesabwesend, ohne den Blick von meiner Freundin abzuwenden. Ich würde meine Süße unendlich vermissen.

Plötzlich spürte mich eine tiefe Leere in mir.

»Das hab ich schon für dich erledigt.« Erst drangen Roiyas Worte nicht bis zu mir durch, denn mein Herz war vollkommen erfüllt von Schmerz und Schuldgefühlen, da ich meine liebe Shirien so sehr verletzt hatte. Doch als ich wieder einen halbwegs klaren Gedanken fassen konnte, verstand ich den Sinn ihrer Worte. Ich riss mich von Shirien los und packte Roiya an den Schultern. »Was hast du gesagt?«

»Er ist tot. Wir können los.« Sie grinste mich teuflisch an.

Nein, das konnte nicht sein. Sie machte nur Spaß!

Wie in Trance lief ich in die Hütte. Da lag Steve, wie immer fixiert in seinem Bett. Doch er bewegte sich nicht. Ich stürzte auf ihn zu, immer wieder seinen Namen rufend. »Oh Mutter! Bitte nicht! Steve! Steve!« Das MUSSTE ein böser Traum sein! Die Welt um mich herum zerbrach in tausend Stücke.

Ich bemerkte kaum, wie Roiya und Shirien hinter mich traten, weil ich hemmungslos in die zerknitterten Laken weinte. Keine Wunde, die ich mir in meiner harten Ausbildung zugezogen hatte, hatte jemals so wehgetan wie der Schmerz, den ich gerade in meinem Herzen fühlte.

»Wieso nennt sie den Gefangenen beim Namen? Hier stimmt doch was nicht!«, schrie Roiya zornig, doch ich beachtete sie nicht. Meine bitteren Tränen brannten ätzende Spuren auf meine Haut. Schwarze Punkte tanzten vor meinen Augen, meinen Körper fühlte ich nicht mehr.

Jetzt trat Shirien zu mir. »Komm, Nana, lass uns gehen.« Sie schluchzte ebenfalls. Schließlich hatte sie Steve sehr gerne gehabt. Mein Herz wollte zerspringen, als ich daran dachte, welch schöne und lustvolle Zeit wir drei miteinander verbracht hatten. Ich wollte es nicht glauben. Steve konnte nicht tot sein. Er durfte nicht tot sein!

»Was hast du mit ihm gemacht?«, schrie ich, sprang auf und packte Roiya an den Schultern.

»Das Kissen so lange auf sein Gesicht gedrückt, bis er aufgehört hat zu zappeln. Ich weiß, du bist wütend, weil *dir* das Privileg zustand, aber ich wollte mich gerne schon im Voraus bei ihm rächen, falls er mir kein Mädchen geschenkt hat. Ich hoffe, du verzeihst mir das. Können wir jetzt gehen?«

Ich konnte es kaum glauben. Roiya war kaltblütiger und skrupelloser als jede Kriegerin, die ich kannte. Am liebsten hätte ich sie auf der Stelle getötet. Aber vielleicht war es besser so. Jetzt konnte ich wieder zu meinem Volk zurück und niemand würde je erfahren, was wirklich zwischen Steve und mir gewesen war. Nur Shirien würde unser Geheimnis kennen. Viel-

116

leicht freute sie sich auch, dass ich jetzt bei ihr bleiben würde. Aber konnte ich das, nach allem, was geschehen war? Konnte ich sie je wieder so lieben wie ich Steve geliebt hatte? Wie ich Steve immer noch liebte?

Ich musste mich mit dem Rücken gegen die Wand der Hütte lehnen, sonst wäre ich auf der Stelle zusammengebrochen. Roiya, dieses ETWAS, für das ich nicht einmal mehr einen passenden Namen fand, hatte mir das Herz herausgerissen. Plötzlich nahm ich die Welt um mich herum nicht mehr wahr. Ich fühlte nur noch diesen unfassbar großen Kummer.

»Was heulst du denn so? Ist es wirklich so schlimm für dich, dass *du* ihn nicht töten durftest?«, freute sich Roiya böse.

Steve war tot. TOT! Das wollte nicht in meinen Kopf. Wie konnte so ein starker Mann nicht mehr am Leben sein?

Da schrie Shirien hinter mir: »Er lebt! Nana, er lebt! Sieh nur, er atmet! Und ich kann seinen Puls fühlen!«

Was hatte Shirien gesagt? Vor meinen Augen herrschte nur absolute Finsternis. Nur gedämpft kamen ihre Worte an mein Ohr. »Er lebt? Steve lebt?« Meine Stimme war kaum mehr als ein Hauch.

Langsam drehte ich mich zu Shirien um, die vor Steves Pritsche kniete, eine Hand auf seinem Bauch. Ich taumelte benommen zu ihm, um mein Ohr auf seine nackte Brust zu pressen. Ja! Sein Herz schlug! Ganz laut und deutlich!

Plötzlich riss mich Roiya von ihm herunter. »Das kann nicht sein! Er war doch tot!« In diesem Moment zog sie das Messer aus meinem Gürtel. Gerade, als sie ihre erhobene Hand auf Steves Körper heruntersausen lassen wollte, schubste ich sie zurück und Steve öffnete die Augen. In seinem Blick lagen Überraschung und Freude, doch konnte ich mich jetzt nicht um ihn kümmern. Rojya versuchte erneut anzugreifen.

Wenn Roiya keine Auserwählte gewesen wäre, hätte ich augenblicklich meinen ersten Mord begangen. Nur mit Mühe brachte ich genug Selbstbeherrschung auf, ihr nicht den Hals umzudrehen. Ich hielt sie an ihren Armen, grob gegen die Wand gepresst, damit sie mir nicht entwischen konnte. Das Messer fiel ihr klirrend aus der Hand.

»Du hattest nie vor, ihn zu töten, nicht wahr?«, funkelte sie mich hasserfüllt an.

»Ganz genau, du mieses, intrigantes Miststück! Und das habe ich nur *dir* zu verdanken! Schließlich hast *du* Steve gegen mich aufgehetzt! Damit hast du ihn direkt in meine Arme getrieben!«

Sie spuckte mir verächtlich ins Gesicht. »Die Königin wird dir persönlich die Kehle durchschneiden, dafür werde ich sorgen, du Gesetzesbrecherin!« Mit aller Kraft versuchte sie sich aus meinem Griff zu winden. Als es ihr einfach nicht gelingen wollte, rammte sie mir ihr Knie mit voller Wucht zwischen die Beine. Obwohl ich kein Mann war, schmerzte es trotzdem höllisch. Roiya nutzte diesen Vorteil, stieß mich zur Seite und rannte nach draußen. Ich wusste, wohin sie wollte – zum Schiff – um der Königin meinen Vertrauensbruch zu unterbreiten.

Doch ich war schneller, meine Kondition die bessere. Nachdem sie schon die Hälfte des Hügels erklommen hatte, bekam ich eine Strähne ihres langen Haares zu fassen, woran ich sie zu Boden riss. Ohne zu zögern befeuchtete ich meinen Zeigefinger mit der Zungenspitze ein winziges bißchen, tauchte ihn in das Säckchen am Gürtel und steckte ihn Roiya in den Mund. Schon wenige Augenblicke später hatte sie aufgehört unter mir zu zappeln. Diese geringe Menge an Pulver würde sie vielleicht nicht umbringen, aber möglicherweise würde sie ihr Kind verlieren – Steves Kind. Sie hätte es nicht anders verdient. Der Gedanke war böse, doch ich war im Moment nur zu blankem Hass fähig.

Nachdem ich die betäubte Roiya zu Shirien ins Shuttle gelegt hatte, wusste ich, dass nun der Augenblick gekommen war, um meiner Freundin Lebewohl zu sagen. Steve drückte Shirien kurz an sich, um ihr einen kameradschaftlichen Kuss auf die Wange zu geben. Dann verschwand er im anderen Shuttle, um den Bordcomputer umzuprogrammieren. Schließlich wollten wir nicht nach Galandria zurück.

Das gab mir Zeit, mich ausgiebig von Shirien zu verabschieden. Wir umarmten uns, ein paar stille Tränen vergießend.

»Du wirst mir unendlich fehlen, meine liebe Nana.«

»Und du mir erst! Pass gut auf unser Babbie auf.«

»Das werde ich«, schluchzte Shirien.

»Und wenn es ein Mädchen wird ...«

»... dann werde ich es Nana nennen. Und wird es ein Junge ...«

Dann würde sie es töten müssen.

»... dann werde ich ihn Steve nennen«, sagte sie.

»Aber ...« Ich verstand nicht ganz, was sie mir damit sagen wollte.

»Liebe Nana, ich denke, es wird langsam Zeit, dass wir unsere Bräuche ändern.«

»Ja, du hast recht. Das wird es in der Tat!« Meine Shirien! Ich war so stolz auf sie! Bald würde sie ein Mitglied des Hohen Rates sein. Und eine Mutter.

Langsam lösten wir uns voneinander, um uns noch einmal lange anzublicken, so wie es bei uns vor einem Abschied der Brauch war. Nur dieses Mal würde es kein Wiedersehen geben, und der Gedanke, Shirien und meine Heimat für immer zu verlassen, war unerträglich. »Es tut mir so leid, dass es zwischen uns so endet, meine süße Feder. Ich hoffe, du kannst mir verzeihen.«

118

»Da gibt es nichts zu verzeihen, liebe Nana, denn du gehst den Weg deines Herzens. Ich wünsche Dir viel Glück mit Steve.«

Oh, Shirien, was macht dich so sicher, dass Steve mich will?, dachte ich. *Wenn er wieder bei seinem Volk ist, wird er mich nicht mehr brauchen.*

Laut sagte ich: »Ich danke dir, Shirien. Du bist die gütigste Vaikanerin, die ich kenne. Du wirst eine gute Mutter sein!« Bevor sie im Shuttle verschwand, schenkten wir uns noch einen langen Kuss. Wieder schmerzte es mich, dass ich ihr etwas verschwiegen hatte. Doch dieses Geheimnis würde ich niemandem verraten – nicht einmal Steve.

»Ich werde die Erinnerung an dich immer in meinem Herzen bewahren, liebe Nana! Vergiß mich nicht!«, rief sie, als sich die Luke des kleinen Raumschiffes langsam schloss.

»Niemals! Ich liebe dich, Shirien, pass immer gut auf dich auf!«, rief ich ihr noch zu.

Kurze Zeit später hob ihr Schiff ab.

Wie Sturzbäche lief mir das Wasser aus den Augen. Mit verschwommenen Blick sah ich dem Gleiter noch so lange nach, bis er nur noch ein kleiner Punkt am Horizont war. *Leb wohl, süße Feder, auf dass wir uns in einem neuen Leben wieder begegnen!*

Erst jetzt bemerkte ich, dass Steve hinter mir stand, die Hände auf meinen Schultern. »Komm Nana, es wird Zeit. Wir müssen los.«

Als ich den Planeten meiner Vormütter verließ – zum ersten und auch einzigen Mal in meinem Leben –, bemerkte ich, wie sich auf einmal alles veränderte. Furcht überkam mich, grenzenlose Angst vor dem Ungewissen, das vor mir lag. Der Schmerz des Abschieds brannte noch frisch in meiner Brust, doch ich hatte zwischen Steve und mir noch einige Dinge zu klären, weshalb ich meine Gefühle erst einmal unterdrücken musste.

Steve saß am Steuerpult und überwachte den Flug. Fasziniert blickte ich durch die große Frontscheibe in die Schwärze des Alls.

»Du warst noch nie hier draußen, hab ich recht?« Er schaute mich mit seinen traumhaften Augen sanft an.

»Nein.« Diese grenzenlose Dunkelheit spiegelte genau wider, wie es in mir aussah. »Wann erreichen wir deine Heimat?«, fragte ich ihn, um mich von meiner Lethargie abzulenken.

»In vierzehn Stunden. Ich schalte jetzt auf Lichtgeschwindigkeit. Setz dich und lege den Gurt an, wenn ich dich nicht von der Wand abkratzen soll.«

Ich würde ihm später meine Fragen stellen. Im Moment wollte ich einfach nur Trauern.

Drei Stunden flog ich nun schon in eine ungewisse Zukunft. Die ganze Zeit hatte ich nur aus dem Fenster gestarrt und nachgedacht, über meine Vergangenheit als Kriegerin und meine Zukunft als … ja, wenn ich das nur wüsste.

Steve und ich hatten kein Wort mehr gesprochen. Etwas war anders zwischen uns, jetzt, da er nicht mehr länger mein Gefangener war. Verstohlen blickte ich zu ihm hinüber. Ich hatte nicht bemerkt, dass er eingeschlafen war. Sein Kinn ruhte auf der nackten Brust, auf der sich eine feine Gänsehaut abzeichnete. Ihm war sicher kalt ohne sein Hemd. Schmachtend versank ich in die Betrachtung des gestählten Oberkörpers, den die Sonne meiner alten Heimat sanft gebräunt hatte. Mein Blick wanderte hinauf zu seinem Gesicht, von dessen lasterhafter Schönheit ich wohl noch Jahre träumen würde. Selbst wenn Steve schlief, berührte er mein Herz auf nie gekannte Weise. Ich war so froh, dass er Roiyas Mordanschlag überlebt hatte.

Ich öffnete den Gurt, um aus dem hinteren Teil des Shuttles eine Decke zu holen, die ich Steve behutsam umlegte. Da öffnete er seine Augen und zog mich zu sich auf den Schoß. Mein Herz machte einen Sprung. Würde er mir vielleicht seine Liebe gestehen? Oder wollte er noch ein letztes Mal mit mir schlafen? Doch in dem Blau seiner Augen lag keine Leidenschaft, sondern etwas, das ich nicht kannte. Er drückte mich einfach nur an sich und hielt mich fest. Ich genoss diesen Augenblick und wollte mich später an alles genau erinnern: an seine samtige Haut, an die schwellenden Muskeln und an den herben Steve-Duft, der meiner Kehle einen Seufzer entlockte.

Eine Frage brannte mir schon seit Stunden unter den Nägeln und ich musste sie ihm einfach stellen: »Warum hast du uns deinen Tod vorgegaukelt? Ich meine … klar hast du dich tot gestellt, damit Roiya von dir ablässt, aber dann, als Shirien und ich in die Hütte kamen …«

Steve schwieg lange und ich glaubte schon, er würde mir nie eine Antwort geben, als er endlich sprach: »Ich weiß es nicht genau. Vielleicht wollte ich sehen, wie du reagierst.«

Verwundert blickte ich ihn an. »Wie ich reagiere? Aber du hättest dir doch denken können …«

»Ach, vergiß was ich gesagt habe. Ich kenne den Grund selbst nicht so genau.« Angestrengt starrte er an mir vorbei.

Er kannte den Grund wohl. Dass er ihn nicht verriet, konnte nur bedeuten, dass er mir immer noch nicht vertraute. In Wahrheit hatte ich so sehr gehofft, dass er mich liebte. Doch hatte er es mir gegenüber jemals erwähnt? – Nein. Dieser Gedanke war überhaupt lächerlich. Warum sollte ein Gefangener seine Wächterin lieben? Er hatte mich ja nur verführt, damit ich ihn am Leben ließ. »Was wirst du machen, wenn du zu Hause bist? Mein Volk wird Kriegerinnen schicken, die dir nach dem Leben trachten werden. Schließlich weiß Ilaja, wo du wohnst.« Ich wollte einfach noch ein wenig seiner Stimme lauschen, seinen Duft inhalieren und die Wärme seines

120

Körpers spüren, weshalb ich ihm eine Frage nach der anderen stellte, nur um ihm noch eine Weile so nahe zu sein.

Und Steve hielt mich weiterhin fest, seine Nase in meinen Haaren vergraben. »Ich war beruflich auf Epsylon Zloti, viele Lichtjahre von meiner Heimat entfernt, als Shaw ... Ilaja mich abschleppte. Sie hat keine Ahnung, wo ich wohne ...«

Das war gut, so würde er in Sicherheit sein und ich musste mir eine Sorge weniger machen.

Steve und ich gähnten beide herzhaft. Es lag noch ein langer Flug vor uns, doch ich musste ihm sagen, dass ich ihn liebte. Außerdem wollte ich wissen, ob er *mich* liebte. »Steve ...«

»Mm-hmm.« Seine Stimme, beinahe ein Schnurren, vibrierte an meinem Hals.

»Ach nichts. Lass uns schlafen.« Was war ich doch feig!

Ich zog die Decke um unsere Körper und kuschelte mich wieder an ihn. Ich würde ihn unendlich vermissen ...

Irgendwann war ich auf Steve eingeschlafen. Ich erwachte erst, als der Bremsschub meinen schlaffen Körper nach vorne warf und ich erkannte, dass ich wieder fest angegurtet auf dem Platz saß.

Das Shuttle landete auf einem prächtigen Anwesen, dessen Villa auf mächtigen Felsen stand. Darunter krachte das grüne Meer in gefährlichen Wellen gegen die Klippen. Vor dem Haus lag ein großer Pool, dessen Wasser in der Sonne türkisfarben schillerte, und endlos weite Wiesen und Wälder umgaben Steves gewaltiges Reich. Er musste wirklich ein sehr wohlhabender Mann sein.

Als ich mit ihm aus dem Raumschiff stieg, kam uns schon ein aufgelöster und sehr besorgt dreinschauender Mann in schwarzer Kleidung entgegen. Er schien ein Diener zu sein. Steve lief auf ihn zu und wechselte ein paar Worte mit ihm, die ich aber nicht verstehen konnte, da der raue Wind um meine Ohren pfiff.

Anscheinend beruhigt verschwand der Diener wieder im Haus und Steve eilte zu mir zurück. Seine schwarzen Haare wehten um sein schönes Gesicht, der Wind presste ihm die Decke gegen die Brust, und der Anblick seines starken Körpers versetzte mir einen Stich ins Herz. Wie sehr er mir jetzt schon fehlte! Genauso wie in diesem Augenblick wollte ich ihn in Erinnerung behalten: animalisch, mächtig, männlich. Nie wieder würde ich jemanden finden wie ihn. Mein Herz schnürte sich zusammen.

Mit erstickter Stimme sagte ich: »Nun gut, wir haben unsere gegenseitigen Versprechen erfüllt und sind uns nichts mehr schuldig. Lebe wohl und verzeih mir, was ich und mein Volk dir angetan haben.« Schnell drehte ich mich von ihm weg und wollte in das Shuttle laufen, denn er sollte meine

Tränen nicht bemerken.

Doch Steve packte meinen Arm und ließ mich nicht gehen. »Bleib bei mir, Nana. Du bist die Frau, die ich mir immer erträumt habe! Lass mich weiterhin dein Sklave sein und ich werde dir alles geben, was du möchtest.« Wie ein Ertrinkender klammerte er sich an mich. »Und ich würde so gerne eine Familie mit dir gründen. Ein Baby machen. Jetzt, auf der Stelle.«

»Das geht nicht mehr, Steve«, schluchzte ich. Aber jetzt weinte ich vor Freude.

Voller Schmerz blickte er mich an, doch ich nahm seinen Kopf in die Hände und lächelte. »Ich trage dein Kind bereits unter meinem Herzen!«

Sein düsteres Gesicht hellte sich auf. Er umarmte mich, hob mich in die Luft und wirbelte mit mir herum. »Oh Nana, ich liebe dich!« Er küsste mich als müsse er ohne mich sterben, als wäre ich seine Nahrung, seine Luft, sein Körper und seine Seele.

Als ich kurz zu Atem kam, hauchte ich: »Und ich liebe dich, Steve Bradley!«, bevor er mich auf seinen Armen in das prächtige Haus trug, wo sicher schon ein großes Bett auf uns wartete. Und ein paar Fesseln ließen sich schließlich überall auftreiben …

122

Special: Dornröschen - die zuckersüße Wahrheit

Wir kennen alle das Märchen vom Dornröschen: Es waren einmal eine Königin und ein König, die eine wunderschöne Tochter bekamen, die sich wiederum an ihrem fünfzehnten Geburtstag an einer verwunschenen Spindel stach, weshalb sie und der ganze Hofstaat in einen hundertjährigen Schlaf fielen, bla …, bla …, und so weiter und so fort, … bis dann nach genau 99 Tagen, 23 Stunden und 18 Minuten ein attraktiver Königssohn des Weges kam, den die ach so bitterbösen, unbezwingbaren Dornenhecken so mir nichts, dir nichts hindurchließen, damit er sich in den Turm schleichen konnte, wo das angeblich jungfräuliche Dorndöschen … äh, Verzeihung … Dornröschen tief und fest schlafen sollte.

Er öffnete also die Tür zu der kleinen Stube, und da lag es wahrhaftig, und es war so wunderschön und bezaubernd, dass er die Augen nicht von ihr abwenden konnte. Da bückte er sich, um ihr einen Kuss zu geben …

Aber hallo, mal ganz ehrlich! Wer glaubt denn schon den ganzen Blödsinn, der in irgendwelchen verstaubten Büchern steht? Unser Königssohn ist schließlich auch nur ein Mann und in den besten Jahren noch dazu! Er war bestimmt nicht so töricht und weckte diese heiße Braut jetzt schon, wo sie so willenlos und aufreizend vor ihm lag! Ja, denkt Ihr lieben Leut denn, dass er sich so eine Chance entgehen lassen würde? Denn wenn sie erst mal verheiratet wären, würde sich ihm so eine Gelegenheit vielleicht nie wieder anbieten.

Er wusste doch, wie die Frauen heutzutage waren: Hauptsache, sie hatten einen reichen Mann, der sie mit schönen Kleidern und kostbarem Schmuck überhäufte! Ja, dafür waren die lieben Prinzen gut genug, gell! Aber im Ehebett zeigten die Ladys ihnen dann die kalte Schulter und bestanden sogar auf getrennten Schlafzimmern, denn so ein Baby kam der modernen Frau auch nicht mehr in die Röhre. Schließlich galt nur eine makellose Figur als *en vogue*! Da war es doch mehr als verständlich, dass der Prinz wenigstens zuvor noch ein bisschen Spaß mit seiner Zukünftigen haben wollte!

Hübsch war sie ja immerhin, das musste der Königssohn ihr lassen, auch wenn die hundert Jahre nicht spurlos an ihr vorübergegangen waren, denn wie fünfzehn sah sie wahrlich nicht mehr aus. Stattdessen war die Prinzessin zu einer richtigen Frau herangereift, mit allen Vorzügen, die die weibliche Anatomie zu bieten hatte. Ihr blondes Haar lag wie ein goldener Fächer auf den Kissen, ihr Gesicht glich dem eines Engels und ihre Figur, die in einem eng anliegenden Seidenkleid steckte, fand er erregend attraktiv. So beunruhigend erregend, dass sich sofort ein erwartungsfrohes Kribbeln in seinen Lenden einstellte.

123

Behutsam öffnete der Prinz die Verschnürung von Dornröschens Mieder und befreite ihre Brüste, die wie zwei Äpfel in seinen Händen lagen. Fest, samtig und zum Anbeißen! Sanft rieb er mit den Daumen über die rosigen Spitzen, bis sie sich ihm einladend entgegenreckten.

Dornröschen gab ein leises Seufzen von sich.

Sofort wich der Prinz vor ihr zurück. Verflixt, die Prophezeiung beteuerte doch, dass sie durch nichts anderes zu wecken wäre als durch einen Kuss!

Musternd glitten seine hungrigen Augen über ihr Gesicht. Waren ihre Wangen jetzt roter als zuvor, oder bildete er sich das nur ein? Auch ihre Atmung schien sich beschleunigt zu haben! Doch seine Grübelpause war nicht von langer Dauer, denn der kleine Prinz in seiner Hose war weit weniger geduldig als der große. Sofort machte sich der erfahrene Königssohn wieder an die Arbeit.

Verlangend leckte er mit der Zunge über die harten Knospen, saugte an ihnen und neckte sie mit seinen Zähnen.

Der Prinzessin entfuhr abermals ein wohliger Seufzer.

Der Prinz stutzte. »Dornröschen, Ihr seid doch nicht etwa schon wach?«

Die Schöne aber gab ihm keine Antwort, worauf er sein reizendes Spiel fortführte.

Kam es ihm nur so vor, oder hatte sie soeben ihre Schenkel ein wenig geöffnet?

Neugierig geworden, was sich unter den bauschigen Röcken verbarg, begab er sich zwischen ihre Beine und warf ihr den Stoff über den Kopf, sodass ihr Unterkörper vollkommen entblößt vor ihm lag. Als er ihr goldenes Vlies entdeckte, streifte er sich blitzschnell die Hose ab, damit seine Männlichkeit endlich die Freiheit erlangte, die ihr gebührte. Stolz und aufrecht stand sein Penis vom Körper ab, absolut bereit, sich in ein vergnügliches Abenteuer zu stürzen. Doch zuerst musste er ihren süßen Nektar zum Fließen bringen, bevor sein pochendes Glied in den Quell der Lust eintauchen konnte.

Ungeduldig spreizte er ihre langen Beine noch etwas weiter, damit er sich bequem dazwischenlegen konnte. Als er ihren Schoß direkt vor Augen hatte, begann sein Blut zu kochen. Ihr weiblicher Duft betörte ihn, machte ihn trunken und zog ihn magisch an. Mit den Fingern teilte er ihre Schamlippen, senkte den Mund auf die kleine Perle und saugte genussvoll daran.

Dornröschen keuchte auf und wand sich unter den Zärtlichkeiten des Prinzen, der davon jedoch nichts mitbekam, da ihr süßer Geschmack ihn in einen Schwindel erregenden Rausch versetzte, der ihn bis zum Himmel zu wirbeln schien.

Oh, wenn es doch nur immer so einfach wäre mit den Frauen!

Ihr Kleinod wuchs unter seinen Zungenschlägen rasch an, ihr Lustsaft begann bereits an ihren Schenkeln herabzufließen und ein bestimmter Teil seiner Anatomie wollte Dornmöschen jetzt gleich wild und leidenschaftlich in Besitz nehmen.

Bin ich verrückt?, dachte sich der junge Mann. *Nein, nur scharf wie ein brünstiger Hirsch!* Und er tauchte einen Finger in ihren heißen Schoß, worauf er verzückt bemerkte, wie sehr sie schon für ihn bereit war.

In der Tat hatten Dornröschens Hüften ein plötzliches Eigenleben entwickelt. Sie drängten sich gegen seine reibende Hand, als wollten sie sagen: »Bitte nehmt mich, ich kann nicht länger warten!«, worauf der Prinz natürlich alles dransetzte, um dieser lüsternen Folter ein Ende zu bereiten, Edelmann, der er war!

Keuchend kroch er über sie, und als er ihren weichen, warmen Körper unter sich spürte, war es um seine Zurückhaltung nicht mehr gut bestellt. Sofort drängte sich der Beweis seiner Begierde an die feuchte Öffnung, wo er reibend und neckend eine Zeit lang verweilte, bis er glaubte, ein gedämpftes »Nun nehmt mich doch endlich, Ihr grausamer Folterknecht!« unter den Stoffmassen gehört zu haben, die immer noch Dornröschens Gesicht bedeckten. Ob die Worte nun wirklich aus ihrem Mund gekommen waren oder ob sie ein Produkt seiner lebhaften Fantasie waren, vermochte der Prinz in diesem Moment nicht mehr zu unterscheiden. Es verlangte ihn so dermaßen nach einer feurigen Paarung, dass er ohne Rücksicht auf Verluste in sie hineinstieß.

Einem leisen Fiepen folgte ein gemurmeltes »Na endlich!«, und schon kamen ihm ihre Hüften mit jedem Stoß entgegen. Wie ein Ertrinkender ruderte der Prinz mit den Armen, um das Gesicht und die Brüste der Prinzessin von der herrlichen Seide zu befreien, damit er an den neckischen Brustspitzen reiben und ihren Hals mit zärtlichen Bissen verwöhnen konnte, um schließlich und endlich – so, wie es in den Büchern geschrieben steht – ihre sinnlichen Lippen mit einem unersättlichen Verlangen in Besitz zu nehmen.

»Ich dachte schon, Ihr küsst mich nie, Liebster!«, stöhnte sie in seinen Mund, schlang begierig die Arme um ihn und zog den überraschten Königssohn noch fester auf sich.

Perplex blickte der junge Prinz seine erhitzte Schönheit an, wobei er vollkommen vergaß, sich weiter in ihr zu bewegen.

»Nun hört doch nicht auf, mein edler Retter, wo ich so nahe vor etwas Wunderbarem stehe!« Wie eine Schlange wand sie sich unter ihm, doch der Königssohn konnte immer noch nicht glauben, dass Dornröschen gefiel, was er da tat. »Jetzt seid doch kein Spielverderber und fahrt in Euren Bemühungen fort, mein edler Herr!«

Als er abermals nicht auf ihre Worte reagierte, stieß sie ihn ungeduldig

125

von sich und drehte den Prinzen auf den Rücken, um sich dann lustvoll und stöhnend auf sein pulsierendes Glied herabzusenken.

Jetzt entfuhr dem Königssohn ein kehliger Laut. »Aber Dornröschen, so etwas schickt sich doch nicht. Sollte der Mann nicht oben liegen?«

»Pah, ein wenig Bewegung wird mir nach den hundert Jahren Schönheitsschlaf nur guttun, edler Herr!«, keuchte sie. Mit graziler Anmut, so wie es nur einer waschechten Prinzessin zu eigen war, ritt sie auf ihm.

Der Anblick ihrer wippenden Brüste brachte den Prinzen fast um den Verstand. Er nahm sie wieder in seine Hände, massierte sie, knetete sie und zwirbelte mit Daumen und Zeigefinger die harten Knospen, was Dornröschen sichtlich erregte. Er vernahm ein wonnevolles Stöhnen und andere lustvolle Laute der Verzückung aus ihrem honigsüßen Mund.

»In hundert Jahren ist noch kein Mann in meinem Turm gewesen, der es mir so gut besorgt hat wie Ihr, mein Prinz!« Immer schwungvoller turnte ihr geschmeidiger Körper auf seiner Männlichkeit, und die leisen Laute, die sie von sich gab, riefen nach mehr.

Der Prinz glitt mit einer Hand unter ihre bauschigen Röcke, suchte und fand den geschwollenen Knubbel, rieb, drückte und zupfte daran, bis die Prinzessin lustvoll aufschrie. Ihr heißer Körper zitterte und bebte über ihm, was ihn so sehr erregte, dass er sich wenige Augenblicke später keuchend in sie ergoss.

Zufrieden seufzend ließ sich die Königstochter auf seine Brust sinken. »Noch nie war es so wunderbar!«

Der Prinz hob eine Braue und lächelte durchtrieben. »Dann habt Ihr all die Jahre gar nicht geschlafen?«

Mit ihren Fingern verschloss sie seine Lippen. »Pst, das bleibt unser Geheimnis!«

»Aber ... die Prophezeiung ...«

Dornröschen grinste verwegen. »Ach, der alte Nostradamus hat sich doch schon öfter geirrt!«

Neugierig wanderten ihre Hände unter das Hemd des Prinzen, wo Dornröschen eine breite, muskulöse Brust entdeckte. Langsam öffnete sie es, und als sein Oberkörper entblößt vor ihr lag, leuchtete ein verlangender Ausdruck in den ozeanblauen Tiefen ihrer Augen auf. Ganz bedächtig streichelten ihre Finger über die samtene Haut, und dem Prinzen stockte der Atem. Ihre Berührungen wirbelten einen Funkenflug der Sinnlichkeit in ihm auf!

Dornröschens Wangen brannten verräterisch. Sie warf einen kurzen Blick auf die verstaubte Uhr, die in einer Ecke des Turmzimmers stand, und beugte sich dann zu dem Königssohn hinab, um ihm ins Ohr zu flüstern: »Wir haben noch fünf Minuten, bevor das Schloss wieder zum Leben erwacht, mein heißblütiger Liebhaber.«

126

Bei diesen direkten Worten nahm sein Unterleib sofort wieder seine Aktivität auf. »Holdes Weib, kann es denn die Möglichkeit sein ...«

Die Königstochter räusperte sich verlegen. »Ich meine, ... ääh ... wenn Ihr noch bei Kräften seid ... könnten wir vielleicht noch mal ...«

Überglücklich nahm der Prinz Dornröschens Kopf zwischen die Hände, zog sie zu seinem Mund und küsste sie verlangend. »Euer ergebener Sklave, Prinzessin, zu Euren Diensten!«

Und sie lebten glücklich und frivol bis ans Ende ihrer Tage!

Happy End

Dies war eine Geschichte aus dem Buch »Verlockende Versuchungen«, erschienen im Ubooks Verlag.

Was geschah im Turmzimmer, bevor der Prinz Dornröschen wachküsste? Wie befriedigt man ein devotes Schneewittchen? Und wie reagiert eine Dämonenjägerin, die sich in ihr Opfer verliebt hat? Verlockende Vampire, dominante Prinzessinnen, devote Engel und lüsterne Dämonen entführen den Leser in eine märchenhaft-erotische Welt. Inka Loreen Minden lässt in ihrem Buch keine Träume unerfüllt und erzählt uns Märchen voller Lust, Verlangen und Leidenschaft. Dunkle Sehnsüchte und knisternde Erotik bringen die Fantasie zum Kochen.

Das Magazin »Schlagzeilen« schreibt: »Eine sehr gelungene Umdeutung der altbekannten Motive, unterhaltsam prickelnde Lektüre für warme Sommernachmittage. Eine gute Geschenkidee für den Urlaub ...«

Inka Loreen Minden

Die Autorin, die auch unter dem Pseudonym Lucy Palmer schreibt, hat bereits mehrere erotische und homoerotische Bücher veröffentlicht. Dabei tummeln sich ihre Helden am liebsten im historischen England oder sind Vampire, Dämonen und Gestaltwandler. Zu ihren erfolgreichsten Titeln zählen »Mach mich scharf!« von Lucy Palmer (Amazon Erotik-Bestseller 2009) und »Tödliches Begehren« von Inka Loreen Minden.

Mehr über die Autorin auf ihrer Homepage:

www.inka-loreen-minden.de

Eine Auswahl ihrer Bücher:

GAYFÜHLVOLL – homoerotische Geschichten
Co-Autorin: Nicole Henser
ISBN: 9783837030136

Feurige Offenbarung – Dämonenglut
Co-Autorin: Nicole Henser
ISBN: 9783934442610

TEMPTATIONS – VERSUCHUNGEN
4 gay historical romances
ISBN: 9783934442603

Sinful Kisses – Sündhafte Küsse
gay historical romance
ISBN: 9783934442627

Tödliches Begehren – Mortal Desire
Soft-SM-Roman
ISBN: 9783934442641

Der Freibeuter und die Piratenlady
erotischer Piratenroman
ISBN: 9783839123775

Mach mich scharf! & Mach mich wild! & Mach mich gierig!
von Lucy Palmer / Blue Panther Books

Diverse E-Books beim Club der Sinne und auf beam